GAEA

GAEA

貓語人

字鬼

譚劍 著

The Cat Whisperer 2

貓語人 2

The Cat Whisperer

目錄

貓語人

楔子

有人把它們分成象形、形聲、借代等不同類別，但以它們自己的角度來看，一切都是組合，是本能。即使它們不知道「本能」這字眼。

沒有多少人知道字原來擁有生命。反過來，它們也不知道自己身負傳播知識的偉大任務。多少經典透過它們傳承了千年，但同樣也有很多人受它們影響而爲非作歹，展開無情的殺戮。

它們不一定了解它們組合起來的意思。它們誕生時的世界和今天的大不相同，因此，它們本身的意思經過時移世易也徹底改變。

因爲某種原因，此刻它們被困在紙頁上。紙頁成爲它們暫時廁身的世界，擁擠互挨。

不過，它們每一個都蠢蠢欲動，希望找到機會獲得釋放。

01

夜神月不知道爲什麼才過了幾個小時，自己的肚子就大到進不了巷子。

這巷口很窄，只有三十八公分，不只他，所有人都必須橫著身子穿過，這是「闊門書店」的特色，吸引很多人慕名而來，即使不進去逛巷裡的書店，也會站在巷口拍照留念打卡，間接爲書店打廣告。

他拚命吸氣，收緊肚子，側身，可是肚皮仍然比巷子的寬度多出至少五公分。他再深深吸了一口氣後，用盡掌力把肚子的贅肉向內按進去，但仍多出一公分。

多出一公分就是多。他不能讓肚子頂著牆摩擦三公尺直到巷口才解禁，到時肚皮肯定被磨爛。

才不過幾個小時前，他仍能順利通過，怎麼幾個小時後就不行了？

府城的美食不錯是很多，吃也吃不完，可是，短短一個月胖十公斤，實在太不尋常。這回眞的變成小時的綽號「陳胖子」了！

難道，自己肚裡有蟲？

不，肯定是那個方圓給自己下咒。巫真就說這女生不簡單，惹不得，她看來也像連環女殺手，變態的那種。可是，她長得好漂亮呀！一張明星臉教人無法忽視。即使被她肢解大卸八十八塊，他也心甘情願，不然死在男人手裡會更好嗎？

至於這家書店，也實在夠古怪，位於巷子盡頭沒問題，但爲什麼要挑一個窄到不行的巷子？就是貪圖可以稱自己爲「闊門」來吸引遊客和讀者嗎？難道沒想到會夾死像自己這樣的讀者嗎？讀者死了你們叫誰去買書？

可惡！

他更沒想到電話抓不到網路。沒有訊號。半夜三點，外頭沒有一個人影。如今自己真是叫天不應，叫地不靈，被困在只有自己一個人的書店裡。

他想起半個月前的事。

02

夜神月已有好幾年沒回過台南，當年沒有高鐵。他從台北坐客運，南下去台南要花上老半天。如今乘高鐵再轉台鐵就能來到，雖然有點轉折，但還算挺方便。

出了火車站，台南仍然很台，像十幾年前的台北。成功路上多了些補習班，但整體變化不大，不知是台南變太少，或者台北變太多。

他記得巫眞住在什麼地方。那邊巷口有家很出名的水果店，離火車站大概二十分鐘腳程，沿成功路一直走，再拐幾個彎就是。他拖行李過去，重點當然是省錢。

走著走著，就見到那家水果店。巫眞的家就在旁邊的巷裡。巷口有兩隻一黑一白的貓鎭守。巫眞說，要來睡沙發，代價就是當劏屎官。夜神月馬上答應。

可是他把視線轉進巷裡，貓的數量是二十隻起跳，簡直是貓禍爲患。天呀！巫眞怎能住在這種地方？

他嗅到身體發出連自己也難以忍受的汗臭，但不及口乾來得辛苦，便打算去水果店買果汁。

「夜神月！」他在找位子時，沒想到背後有人叫自己。

他猛然回過身來，發現巫眞就坐在旁邊，要低頭四十五度角才能看到。

「你不是說下午才到嗎？」巫眞問。

「我今天一大早就醒來了，索性提早出門。」

夜神月很快就瞄到巫眞旁邊有個長髮披肩的女生，一雙眼睛水靈得很，一臉聰明相，看來很秀氣，說是從古籍裡走出來的古典美人也不爲過。

只是，直覺告訴他擁有一雙尖耳的女生絕不簡單。

「拜見嫂子！」夜神月恭敬道。

此言一出，滿座皆驚，即使座上只有巫眞和那女生。兩人臉色驟變，像聽到什麼咒語，或者被捉姦。

「她只是我好朋友。」巫眞忙解釋。

女的滿臉怒氣，「這就是你說的什麼月嗎？」

「對，在下陳半月，妳可以叫我夜神月。請問小姐芳名？」

她沒有回答的打算，巫眞只好代答：「她叫方圓，方向的方，圓滑的圓。」

「眞是好名字，把方正的『方』和圓形的『圓』，兩個意義相反的字和諧地統一起來，就像人面獸心──」

夜神月以爲可以博取紅顏一笑，沒想到她仍然抿嘴，不露半點笑意。不過，她這樣看來又有另一種倔強的美態。

巫眞去哪裡獵到這麼正的女生？交友網站？臉書？等下有機會一定要好好盤問他。連巫眞這種一沒錢二沒才三做事溫吞四口才又不好簡直一無是處的人──他能和自己交上朋友實在是前生修來的福氣──也能把到如此正妹，不知什麼時候台南竟變得地靈人傑起來？

看來，這次趁放假南下的決定是對的。

03

方圓走後，巫眞和夜神月站在巫眞的家門口，回望巷裡一眾千姿百態的貓。

夜神月一臉難以置信。巷子裡的貓多到數之不盡。

「你說這些貓全是你的？」

「一言難盡。」巫眞像有苦衷。

「方圓你又是怎麼認識的？」

「這……這也是一言難盡。」巫眞臉有難色。

「什麼都一言難盡？怎麼才幾年不見，你好像快要自盡了！」夜神月深知巫眞沒有口才，實在想不到這種人怎能把到正妹。「她眞的不是你女友？」

「不是……不是。」巫眞結結巴巴道。

不是就好了。夜神月心想。你不要的話，老子可不客氣了，便又試探地問：「不是女友，也不會是砲友吧！我在這裡過夜不會阻礙你們做那檔事吧？」他聽說好些女生喜歡找宅男做砲友，把人家的眞愛變成砲灰。

巫真聽了，沒有答話，但整個表情崩潰，眼睛睜得圓圓大大，像見到可怕的妖魔鬼怪。

夜神月覺得巫真的目光不是在注視自己，而是射向自己背後，猛回頭，只見方圓氣沖沖地站在後面，一雙眼睛射出睥睨的怒光，很有敵意。

「你嘴巴好賤！」

她舉起手掌摑過來，夜神月根本來不及反應，眼看快要中掌時，竟被人往後一拉。

「饒了他吧！這傢伙一向口不擇言！」巫真向她求情。

方圓不再正視夜神月，對巫真道：「我本來還想問你們今晚去哪吃飯，看來免了。你們哥兒倆自己吃吧！」說罷便離去，頭也不回。

「圓……方圓。」巫真追出巷外。夜神月不敢去偷看，只好回到房子裡，坐在沙發上好好休息，方圓那一掌雖然沒擊中自己，但仍教他驚魂未定。巫真在哪裡招惹到如此凶狠的女生？

客廳的牆上塞滿書和影碟，還有地板上不知多少隻貓。天！巫真是怎麼一回事？他喜歡貓沒錯，沒想到最終會演化——還是退化——成貓痴。那女生大概受不了他的貓，所以才不願和他交往。

不消幾分鐘，巫眞回來，一臉垂頭喪氣。

「她好凶暴。」夜神月本來想說這句，但見巫眞的模樣，馬上改口道：「眞不好意思。」

巫眞坐下來，沒有答話，一雙眼睛飽含複雜的心思和想法。

「你們到底怎樣認識的？」夜神月趁機追問，窮追不捨。

「一言難盡。」

04

晚上兩人在花園夜市裡吃了一家又一家攤位。

「你怎麼拚命向我灌酒？想灌醉我嗎？」巫眞臉上已浮起一片紅。

「沒這回事，你想太多了。」夜神月繼續灌酒。

巫眞投降道：「不行，我再也喝不下去了。媽的，等下怎麼騎車回去？」

「走回去就是了。」夜神月笑說，打算再敬酒：「頂多不就半小時。」

「你灌醉我幹嘛？你從台北南下找我，想出櫃向我告白嗎？」

「等待返去的時陣若到，我會讓你先走，因爲我會嘸甘，放你，爲我目屎流～」身後不遠有個小舞台，一個中年女人在唱《家後》，一首無法表現當下兩人心情的歌。

「告白也不是向你。只是我覺得幾年不見，你變得奇怪了。我剛才見到你向貓說話。」夜神月老實說。

「什麼向貓說話？」巫眞變得認眞起來，「我只是逗牠們玩。」

「你講的話我雖然不明白，但我好歹也養過貓。貓不可能聽得懂繁複的指令。你是向牠們講話，才能叫牠們貼貼服服。」

「我不知道你說什麼。」

「那我們談方圓吧！你怎麼認識她的？」

巫眞堅持不答，臉上超紅。夜神月不知道他到底是不想答，或者醉到答不出來。

「如果她不是你的馬子，那我就向她發動追求攻勢。」夜神月試探地說。

「你眞的敢追她？」巫眞用異常認眞的語氣問，「剛才她幾乎一巴掌打到你臉上。」

「打者愛也，她打過你嗎？」

巫眞回想兩人相識至今的經過，她的確曾惡意相向，但說到打……

「這倒沒有。」

「這就是了，她對你沒多大感情。」

「胡說八道！」

「總之我會追她。」

「不行！」巫眞斬釘截鐵道。

「她不是你馬子，你有什麼資格霸佔她？」

「我說不行就是不行。」

最後兩字一出，夜神月感到很刺耳，有種耳鳴的感覺，幾乎想用手搗著耳朵。桌上的玻璃瓶發出怪聲，原來出現了裂痕，並向外擴張，裂開，變成碎片，發出清脆的聲音，鄰座的人紛紛轉過頭來。

夜神月暗自慶幸裡面沒有飲料，但也不得不瞠目結舌，半晌後才打圓場道：「沒想到你用嘴就可以發出龜派氣功。」

「方圓比我厲害得多，不只可以發出龜派氣功。」

05

夜神月仍然被困在闊門書店裡，無法穿過巷子離開。

一如一些小書店，「闊門」書店在門口顯眼處，放的不是暢銷書或新書，而是純文學和詩集，並附上作者親簽。

一樓店面深長，中間少說有十幾個書架。天花板很高，應和籃球架高度相若。牆邊的樓梯可達地下室。地下室店面面積只及一樓的一半，兩層之間沒有地板或天花板相隔，大大增加了視覺空間。

這幾夜很怪，店裡只有他一個，以往都有些人通宵達旦看書，即使彼此沒有交談。

他再次確認過，店裡沒有電話可以讓他求援，也沒有後門，只有堆積如山的書亂七八糟地堆放，沒有分門別類也沒有組織，簡直像亂葬崗，而這混沌狀態竟然是書店的特色！

他也檢查過，門口旁邊的櫃台裡放了幾千塊錢，無人看管。晚上沒有店員，只有監視器。付款靠自律，算是書店對顧客的信任。

書店信任顧客，可是不見得顧客也要因此信任書店。他寧可反過來付錢離開，好回家去睡大覺。畢竟，已是凌晨三點。

他在書店裡站得累了，便去樓梯那邊坐下來。可是每一級深度都很淺，只夠他放半個屁股！

說來也實在很誇張，雖然自己愛吃，可是一個月下來竟胖了十公斤，全積聚在肚子上，彷彿就是故意和外面窄到不行的巷口過不去。

說來說去，他覺得最詭異的，不是自己，而是這家書店。

還有方圓。

06

話說他氣走方圓後，巫眞仍樂意帶自己到處玩，不知道是不計前嫌，或者已把昨夜酒醉時的對話忘得一乾二淨。

巫眞帶他到這家名爲「闊門」的二手書店，在孔廟附近，以堆書雜亂無章見稱，成爲台南芸芸書店裡一片特異的風景。

夜神月看了一陣書後，巫眞飄到身後，問：「知道我爲什麼帶你來嗎？」

「我喜歡看書嘛！」夜神月沒有多想。

「這只是原因之一。」巫眞用控訴的語氣說：「方圓本來常來我家看電影，你出現後，她拒絕再來。我們感情發展沒你想像中那麼深，我還沒追到她。」

言下之意再清楚不過，夜神月誠懇道歉：「眞不好意思。」

自此以後，一星期有幾晚他會一個人來闊門看書，而且，看書的時間愈來愈長。

「你這麼愛去幹嘛？約了美眉嗎？」巫眞好奇問。

「才不是。我把房子留給你跟方圓……」夜神月沒說下去，但事後證明自己不在時，方圓根本沒過去。

「她在你後面。」巫眞呶下巴說。

「開玩笑。」夜神月不敢回頭。

「那你回過頭去看。」巫眞挑釁道。

夜神月沒有回頭，只是先舉手做投降狀，「方圓小姐大人有大量，請饒過小人。」

見後面沒有回應，他才轉頭過去看，「媽的，你騙我！」

「不試怎麼知道你怕她！」

「可是你把她說得太深不可測，身上有殺氣。」

「她確是。她不是善男信女。」巫眞一臉認眞地說。

夜神月的思緒回到書店裡，如今他之所以陷入當前困境，一定是方圓害的，只有她有能力和犯罪動機去加害自己。

07

巫眞一大早就被電話吵醒，不是來自方圓，也不是夜神月。電話號碼陌生得像一堆來自外星人的密碼。

早上八點十二分。他稍一猶豫後便接聽。

「巫眞嗎？」對方問。

巫眞很快就認出自己並不陌生的聲音，「貝貝？」

「對，是我。你上次帶來的朋友夜神月，本名是不是叫陳半月？」

「沒錯。原來你認識他？」

「他暈倒在書店裡。」

「他沒事吧？」

「我叫了附近診所的醫生來看他，只是暈倒，沒有性命危險。我安排店裡一個角落給他休息，你等下就來接他吧！」

「我馬上過去。」

掛斷後，巫眞並不意外。其實夜神月來了台南才一個月左右，身形居然像充氣的氣球般不斷暴脹。他本身已經夠胖了，大概在台北已找不到什麼好吃的，所以來到府城後大吃特吃，每晚都要去夜市，要飽到不行至死方休。

巫眞閃身穿過闊門窄窄的巷口，再進入那道狹長的巷子，才抵達書店門口。有時晚上經過，上方昏黃的燈光射下，會讓他覺得這條巷子就是每個人最後都要走的路，不管生前多財雄勢大，人生最後一程必定是獨自上路。

他甫踏進書店，馬上就找到貝貝。他顯然也是等著自己大駕光臨，雖然坐在樓梯邊看顧躺下來的夜神月，但目光一直射向門口。

貝貝的名字雖然逗趣，頭髮也仍然濃密，但眼角開始出現皺紋，以他看書之博之雜，所知之事層面之廣之令人咋舌，絕對要好幾十年的功力。巫眞估計他起碼五十歲以上。

聽貝貝說，他在台北一家大學拿到碩士，可是唸到博士時卻遇上一次感情上的巨變，最終放棄學業，回到台南的鄉下老家。把他父親開辦的一家名不見經傳的小書店搬到現址，並大手筆擴充，成爲「闊門」。

可是，在這個電子書開始撲殺實體書、小孩子寧願對著手機畫面多於紙頁的時代，即使二手書店也經營艱難。貝貝打算要是一年後生意沒有改善的話，就讓書店歇業。巫眞不敢說，在這時代，出版這行還要面對電影、電動、網路的挑戰，根本難有起色。

闊門這書店也有點怪，因爲室內沒有窗，所以完全與世隔絕，不像那些大書店，在燈光和裝修上會別出心裁營造文青氣息教讀者逛得舒服，而是用凌亂不堪來震懾讀者。這裡不是用和暖的黃光，而是用上森冷的白光，夜裡來此簡直像醫院，或者停屍間，根本是要趕走，或者嚇走客人。

他很少把闊門聯想到閱讀的花園，此處散發的不是花香也不是書香，而是書紙近乎腐化的異味，即使在別的二手書店也不容易聞到。

就算巫眞喜歡書，來了一陣後，就沒再來。

隔了這麼久，那種不舒服的感覺仍然驅之不散。

夜神月躺在由好幾十本書鋪成的床上，睡得很是香酣，肚子起伏有致，嘴巴像咀嚼般動作。

「他果然還活著。」巫眞笑說。

「你想他死嗎？」貝貝問。

「這種嘴賤的人，一般來說都很難死去。」巫眞蹲下來去搖夜神月。

「方圓……方圓……」

夜神月在迷迷糊糊中這樣一說，出乎巫眞意料之外。在夢中吐出方圓的名字，應該是自己的專利。

巫眞停下手時，夜神月才睜開眼，用無賴的語氣問：「很擔心嗎？」

「你去死吧！」巫眞霍地站起來，幾乎想一腳踹過去。

「嘿，你不是來接我的嗎？」

「你叫方圓來接你走吧！」

巫眞向夜神月舉起中指。他自問本來不是這種人，和方圓待在一起時他是十足的紳士，但近墨者黑，和夜神月混得久了，連自己也快要被同化。

得盡快叫這傢伙離開台南，不然方圓眞的會疏遠自己！

自三個月前的樹屋一役後，方圓對自己客氣得多了。和以前好壞是二八之比，現在反了過來變成八二。壞脾氣沒有消失，時隱時現，看來也改不掉，一如她那種做事衝動一馬當先捨我其誰的風格。

她對自己仍然時冷時熱，一如她的氣場，有週期，教人捉摸不定。

他問過她的氣何來，可是她不願多說。

她的家人，她倒坦白說全在台北。

她的纖纖玉手，他還沒有機會牽。

夜神月挺著大肚子跟在巫眞後面，準備穿過巷子。

巫眞一如來時，輕易側身離開，回過頭來，卻見夜神月側身，即使挺胸收腹，大肚子仍然頂著牆。

「你吃太多了。」巫眞說：「你一餐的進食量夠我吃一整天。」

夜神月不服氣，站在巷中，非常無奈，「可以幫幫我嗎？」

「怎麼幫？把你肚子上的肉切掉？或者把巷子炸開？」巫眞擺出一副袖手旁觀的姿勢。

「幫我……」夜神月用力將肚上的肉向內裡按下去。

巫眞彎下身來，「你的肚子和牆之間有一道一公分不到的曙光。加油！」

夜神月半信半疑，好不容易一步步挪出來，終於成功離開了巷子，「沒想到現在竟然又能通過了！」

「餓了一整晚，肚子似乎稍微扁了一點。」巫眞上下打量他，「你的肚子還是太大了。漫畫裡的夜神月用筆記殺人，你晃動肚子，也可以殺人。」

「這麼說來，我也算是人間凶器了！」

08

巫眞告訴方圓夜神月的近況大半天後，終於收到她只有短短兩個字的回覆：「活該！」

眞是很方圓的風格。

一日不見，如隔三秋。三日不見方圓，巫眞覺得自己已經死了好幾遍，關切地問：「妳最近怎樣？」

「功課很忙。」方圓嘆氣。

「忙到不能出來見一面嗎？」他放膽追問。

她沒有答話。巫眞擔心她會不會其實背著自己劈腿。和她一起在街上時，總會見到男生回過頭來看她。他甚至在馬路對面見過她在等他時，有個高大的男生上前搭訕。等她和自己打招呼後，那傢伙才知難而退。

「他跟妳說什麼？」巫眞當場就問。

「『小姐請問幾點？』」她不得他追問，就接下去道：「我告訴他：『老娘不是報時器。』」

他一直幻想，要是自己來遲了一步，或者沒出現的話會怎樣？雖然她沒開口說過，但從旁敲側擊發現，她對熟男情有獨鍾，喜歡他們的縝密心思和江湖歷練。他自問心思也算縝密，但經歷過的江湖並不是常人見到的世界。現實世界的打工經驗，他一點也沒有。

而最重要的是，自己離「熟」這個境界，比到窗外的月亮距離還要遠。

「這幾天我一臉倦容，不想讓你看到。」方圓隔了一陣才答。

「我不介意看到。」

「我介意。」

聽她這一說，他就覺得心裡暖暖的。女生應該只會在喜歡的男人面前才會說介意吧！他有好幾次想趁機表白：「請妳做我女友吧！」但那幾個字像是計時炸彈般教他不敢輕易啓動。即便如此，她應該心裡有數。

他不知道其他男生怎樣表白。

他是不是應該臉皮厚一點？

「妳要吃宵夜時就打電話給我，我幫妳買。我知道妳愛去哪幾家，買好了會直接放在妳家門口，不會看到妳的臉。」

「你來了也不願意看我嗎？哼！」

天！

「妳叫我看，我才看。」

「對，你要聽我的。」

她難得開玩笑，看來今天心情大好。

掛斷電話後，巫貞覺得心裡甜甜的。像她這種自我保護得如堡壘般銅牆鐵壁的女生，要接近並不容易，更別說開玩笑。

相識了四個月，但打從一開始已發現她是慢熱型。這也好，比起那些來得快去得快的感情，還是慢一點比較好，有苦苦追求的感覺。

他肚子又痛起來了，忙奔進廁所，一如早前夜神月那樣拉肚子，幸好家裡有兩間廁所，不然他就會爲了獨佔廁所而驅逐夜神月離開。

家裡的貓並不喜歡夜神月，遠遠見到他就會跑開。牠們以前見到方圓也會閃開，等到和她混熟後，才漸漸不再怕了。方圓也會向牠們展示自己親民愛貓的一面，逗牠們玩，和牠們聊天，雖然她不懂貓語。

巫眞暗暗想過，任何人要成爲自己的女友，一定要過得了家裡群貓這一關。牠們就如他的家人。他這輩子永遠也不會離開牠們。

巫眞想起夜神月。這傢伙來了台南才一個月左右，貪吃變胖不奇怪，可是一個月內胖成這個樣子實在太不尋常。

他這次南下，除了到處跑到處看，就無所事事，也沒特別去結識什麼新朋友。當然，他很想結識方圓，但她對他不只沒興趣，而且從一開始就把厭惡兩字寫在臉上。

如果說，是方圓用不知怎樣的方法，把夜神月變成胖到像氣球般的樣子，是否有可能？

不，她不會如此邪惡的。

可是，萬一眞的是她出手的話，那怎麼辦？他不可能和一個邪惡的女生交往。

09

第二天一早，他買了早餐，直闖她的家。

他知道她的生活作息，早上八點一定起床，但課倒不一定會上。要是老師不中用，她整個學期都會蹺課。

她住在成大附近，那一帶的房客全是成大人，除了學生外，還有教職員。她的房東坐擁好幾幢房子，儼如地主一樣。

她住一樓，外頭有道大鐵門，穿過之後，還要經過一條停滿機車的小巷，盡頭有一道鐵門，鐵門後有走廊，要拐個彎後才會到她家門口。

雖然有重重鐵門阻隔，幸好在這個快要上課的時間，趕去學校的人甚多，他輕易鑽門而入，最後和她家只有一門之隔。

門後有吹風機的聲音，看來她剛洗了頭。就在他準備敲門時，聽到一個男人細聲說：「妳的孩子，我會負責。」聲音有點奇怪，看來是用手機的擴音裝置。

「負責？你有什麼資格負責？」一把女聲道。吹風機聲仍繼續。

「妳肚裡的是我的孩子！」

吹風機聲終於停下來，方圓用巫眞不熟悉的語氣回應：「誰說是你的孩子？」

「我們兩個月前不是去了高雄的大飯店嗎？妳說要在七十幾層樓高的地方懷下我的孩子！我們在高雄可住了幾晚。」

巫眞想起來了。對！那時方圓說有事要住高雄幾天，跟幾個很要好的同學去玩。

「這不代表孩子也是你的。」她的口氣冰冷得教他幾乎凝固。

巫眞耳邊響起腳步聲、開門聲，以及戶外的機車聲，就是聽不到自己的心跳聲。

「什麼意思？妳還有別的男人？」

「對，而且不只一個。」她說得爽快。

她說得沒錯，除了電話裡那男人、自己、讓她懷孕的男人，起碼有三個，說不定還有第四個。

沒想到她外表冰冷，原來內裡水性楊花。不，以她性格，她會說是擁有身體的自主權。

她的性格隨氣場變化，也許在不知什麼狀態下會把男人當成點心來吃。

沒想到自己幾乎被她當成點心吃掉。沒想到自己對她的認識原來非常淺薄。沒想到她其實非常陌生。

看著手上爲她買的早餐，他的心在莫名地抽動，最後隨其他趕去學校的人一起離開。

他覺得舉步維艱，每一步都很沉重，像怎麼也走不動，不知走了多久後，有人從後拍自己肩頭。

他不必回頭，已知道是誰。

「你怎麼會在這裡？」方圓用回他熟悉的語氣問。

「過不去鐵門。」他答得有氣無力。

「怎麼可能？現在出門的人很多，你上次不是也一樣進得來。」方圓和他並肩而行。空氣飄來雞排和香腸的味道。

「上次不一樣。」他垂頭道。

「有什麼不一樣？你怎麼盯著我肚子看？我可沒有像那傢伙一樣大了肚子！」

巫眞心想：妳確是不像夜神月那樣莫名其妙肚子變大，妳是被男人弄大了肚子，不，聽剛才的對話，妳是騙男人好讓自己可以大肚子。

「其實，夜神月的肚子是不是妳害的？」他大著膽子問。

方圓停下腳步，一臉難以置信，用手指著自己的鼻子，「我？你怎會覺得是我？」

「因爲妳有異能呀！」

「你也有異能呀！」

「他是我朋友，我怎麼會害他，但妳和他卻有過節。」

「我沒這本領，再說，我也不會害人。」

對，妳不會害人，可是，妳會騙人。妳騙我的感情，而且還騙了其他男人的精子。

10

家裡的貓都在等他回來。巫眞不禁尋思：夜神月變胖，方圓變心，好像整個宇宙都在變，只有家裡的貓不變，仍然忠心耿耿守護家園，等自己回來。

夜神月坐在沙發上，像一座肉山，而且一臉憂愁。

「你的塊頭好像一天比一天大。」巫眞很認眞地說。

「我也有同感，我好像走也走不動，幸好你讓我睡在一樓的沙發上。」夜神月吐出每一個字都像要花很大力氣。

「你現在多重？」

「不知道。轉角有家醫院，可以去量。」

「沒想到你比我還熟。」

夜神月站起來時，一不小心又跌了回去。巫眞上前幫忙，花了點力氣才把夜神月從沙發拉起來。

「八十二公斤。」巫眞和夜神月同時望向體重計的螢幕，心生疑惑。

「我幾天前才七十五。」夜神月覺得身後有道黑影，回頭發現一個小鬼正咧開嘴，露出缺了一隻門牙的笑容。

巫眞幾乎同時回頭。兩個大人的眼光從小鬼的臉一起往下移，小鬼的無影腳很快從踏板上抽起，並迅速離開案發現場。

夜神月眼裡的怒意遲遲不散，重看結果。

八十一公斤。

「怎麼可能？那小鬼不可能只加了一公斤上來！」夜神月深深不忿道。

巫眞沒有直接回答，「你來台南前到底有多重？」

「六十多，近七十吧！」

「不管是多少，我都覺得你要認眞去看醫生，而不是來量體重。」巫眞用認眞的語氣道：「你這種胖法太不尋常了。」

「突然變胖有很多原因。」戴眼鏡的老醫師看來經驗豐富、閱人無數，「當然，女生的話，可能是懷孕，但你怎麼看也不像是女生。」

巫眞不禁偷笑，夜神月卻鐵青著臉道：「醫生，我自己也是很有幽默感的人，但我現在沒有心情聽你搞笑。」

老醫師清了清喉嚨，「好，那我建議你做一次全身檢查。」

一聽到檢查兩字，夜神月的臉色就變得蒼白，怯怯地問：「有這需要嗎？」

巫眞還沒來得及勸他，醫師又說：「當然有。你想想看，要是加權指數一下子大漲，會有什麼問題？」

巫眞和夜神月互相對望，不知如何作答。

「一定是不健康的炒作，過不了多久，股市就會崩盤，會爆炸。」醫師用手做出爆炸的樣子，「你想讓你的肚子爆炸嗎？」

「當然不想，可是，肚子怎會爆炸？」夜神月好奇地問。

「不要多問，你乖乖去做檢查吧！」醫師用心良苦道。

離開醫院一段路後，夜神月控訴道：「我覺得那醫師像要坑我錢！」

「你怎會這樣想？」巫眞問。

「哪有醫師用股市做比喻的？好像很市儈的樣子。」

「因爲民眾愛炒股票才打這比喻。可是你的肚子實在膨脹得太快，不管會不會爆炸，都很有問題。」

「我要回台北。」夜神月喃喃道：「就是死，也要死在台北……我不想帶著處男之身到下一輩子。」

巫眞不想討論這話題，「到死還想著這檔子事，你去死吧！」

「死前請上天賜我一個正妹！」夜神月堅持死不悔改。

「要正妹嗎？」巫眞指向前方，「那家便利商店裡有！」

「是嗎？」夜神月馬上提起精神，眼睛放光。

「張君雅小妹妹。」

巫眞加快腳步。夜神月的腦裡只有正妹，方圓肚裡有別人的孩子。他有種快到世界末日的感覺。

——有異能又怎樣？你只能救人家，卻不能救自己，更不能改變世界。

也許，上次在樹屋時就應該答應樹妖，就算方圓最後知道是自己盜取她的氣場，最起碼，自己的能力也有所增長。

很多人都說，年紀大時，錢比男人或者女人可靠，對他來說，氣場最可靠。

他這輩子還沒做出什麼大事業，以後也不見得做出什麼來。他的人生，從過去到現在再到未來，都是在混。

11

方圓整天都在學校裡，但魂魄卻不是。

巫眞怎麼了？今天怎麼怪怪的？他發了什麼神經？先是他朋友出問題，如今輪到他變得怪怪的，到底是怎麼一回事？

她上課時一直保持抽離的狀態，醒過來時，發現身邊全是不熟悉的臉孔，幾乎全是男生，連講台上也是不認識的老師。

「坐在最後一排的女同學，請問妳是電機系的嗎？」老師問。

她還沒來得及回答，發現幾個男生正用獵人的目光注視自己。她馬上收拾課本離開。

出了大樓，才發現自己剛才竟然進到電機系二館上課，未免太扯了！

她還沒吃午飯，便騎機車去巫眞的家。一路上她的車都騎得不穩，只好慢慢來，用了多一倍的時間才抵達。

黑白無常仍然守在巷口，風雨不改。她和牠們打招呼後便走進巷裡。群貓已和自己混熟，再也沒有遠遠感到自己的氣場就四散的情況。

屋裡沒人，不知兩人去了什麼地方？那個叫夜神月的傢伙早晚把巫眞教壞！

她想打電話給巫眞問他在哪裡時，肚子又開始絞痛了。她放下手機，摸摸肚子，最近就是如此不受控制。

她按著肚子走出巷口時，就碰到準備過馬路回家的巫眞，旁邊有個胖得不像話的人！天，竟然是那可惡的傢伙，好像沒見才一個月左右吧，怎可能胖成這個樣子？幾乎認不出來！

巫眞一邊走過來一邊苦笑。

那傢伙倒是雙眼放光一副色迷迷的樣子，死性不改。

「妳怎麼過來了？不是要上課嗎？」巫眞問，但聲音裡少了以往的歡愉，和今早見他時一樣死氣沉沉。

「我剛好經過這裡。」她答。

「妳是來找我我吧！」夜神月笑問。

「對，」她向夜神月展露笑容。「我來看你死了沒有！」

「我當然快死，見到妳眞是樂死了。」

她不想和這傢伙糾纏不清，問巫眞：「要不要一起吃飯？」

巫眞反應慢了半拍，幾秒後才答：「不用了。」

方圓覺得巫眞好怪，以往對自己的熱情消失無蹤。一向以來，她都不用開口約他吃飯，他往往會先開口。

「他不跟妳吃，我來陪妳！」那傢伙淫笑。

「我對你沒興趣！」方圓不客氣罵道：「你死遠點！」

夜神月沒見過方圓如此怒髮衝冠。她動了眞格。如果她有刀在手的話，搞不好眞的會捅死自己。他惹不起她，只好閉嘴。

「我先回去。」巫眞沒精打采地道，經過方圓，走去巷裡。

夜神月跟在後面，回到家後癱坐在沙發上，仰望巫眞步上二樓。

「你們怎麼了？吵架了嗎？」連夜神月也發現剛才兩人的互動很不對盤。

「沒有。」巫眞沒有多說。

「如果你不要她的話，我就去追她了。」

「隨便拿去。」

這不像是巫眞的眞心話。

「你們……」

夜神月這句話還沒說完，巫眞已從樓上放話下來。

「我不吃飯了，你要吃的話自己解決。」

巫眞今天變得怪怪的。是怎麼回事？打從自己來到台南後，日子好像一天一天變怪了。

12

方圓的肚子痛了幾天後，今天終於平靜下來。

她和巫眞已經三天沒有聯絡，這在之前絕無僅有。即使她離開台南期間，他們也會在晚上通電話聊幾句。

三天來，她沒有蹺課，但心緒不寧。

雖然沒有言明，但他們對彼此都有意思。她不想和他不清不楚地疏遠，不明不白地分開。所謂「活要見人，死要見屍」，她要問清楚分手的理由。

這種事情不能從電話問出來，她要見他。

她在家匆匆吃了早餐後，便騎機車過去。

巷口的黑白無常遠遠見了她，便沒命似地奔進巷裡，其他貓也如是。這情景已多時不見。

方圓甫踏進巷裡，便覺得有什麼不妥。

不，不可能的！

她加快腳步奔進去，只見巫眞和夜神月懶洋洋地坐在沙發上，百無聊賴地看電影。群貓已逃到樓上去。

巫眞只看了她一眼，便把目光重新聚焦在電視畫面上。

倒是夜神月很興奮。「妳怎麼一早來了？」

方圓不管他，直接問巫眞：「你們身上怎會有妖氣？」

巫眞的目光終於離開電視畫面，慵懶地問：「妖氣？」

方圓走到兩人身邊，來來回回踱了幾步。「對，你們身上眞的有妖氣，難怪變了樣子！」

「我哪有變？變的是妳。」巫眞道。

「我哪有變？變的是你才對。」方圓說。

「妳心知肚明。」巫眞用下巴呶向她肚子。

方圓本來沒和他辯，著了魔的人本就會表現奇怪，但她今天實在氣上心頭。

「我對你客氣，你卻對我發脾氣，大概好久沒領教過老娘的厲害！」

她還沒說完，電視畫面便開始閃動。

夜神月不明所以，更不知什麼妖氣。這兩人肯定有什麼不可告人的祕密，準備大爆發。此地不宜久留，即使大腹便便如懷胎十月，夜神月也不顧一切站起身來。

「沒事的話，小的暫時告退。」

他見沒人阻止沒人挽留，想走到樓上，但見群貓在上方對自己怒目而視，只好從大門口離開。

方圓盯著他背影問巫眞：「他身上的妖氣怎會如此厲害？」

「他有妖氣我怎麼會不知道？」

「你自己也有妖氣，可能因此被蒙蔽了感應。」

「如果我有妖氣，我的貓不可能不知道。」巫眞召喚了黑白無常過來問：「我有妖氣嗎？」

黑白無常一左一右，同時踏樓梯下來，繞著巫眞轉了好幾圈，「有點和平常不一樣的地方，但我們不敢肯定。」

巫眞一怔，把答案轉告方圓。

「我今天的知覺比你的貓敏銳得多。」方圓道：「那傢伙的妖氣比你濃重得多，簡直是印堂發黑，你的貓不可能沒察覺。」

巫眞再問黑白無常，這回牠們的語氣十分肯定，「沒錯，那傢伙身上有妖氣。」

巫眞大驚，「你們怎麼不跟我說？」

「我們討厭那傢伙，讓他被妖附身胖死吧！」黑無常一臉不屑。

「反正，他看來不會傷害你。」白無常接力道。

巫眞覺得這些貓即使追隨自己多時，但仍然很有性格，思考方式絕不是人類所能理解。他把答案轉告方圓。

「看來你們中了妖後都有異常。」方圓冷靜說：「那傢伙變胖，而你就變得神經兮兮，對我的態度和從前判若兩人。」

「什麼判若兩人？」

巫眞覺得方圓畫錯重點，自己對她有異，和中妖無關，而是和她的肚子有關，但不便說破。

「你們從哪裡惹來這些妖？」方圓坐在他旁邊。

「我怎知道？」

巫眞一頭霧水，他最近的生活沒有什麼異常之處，就是窩在家裡看書、看電影、上網，在洗手間裡思考哲學問題，有時也會在裡頭看書。在這年頭，他自問像他這樣喜歡看書的人已經不多了。

書？

他想起那家二手書店。

「我去過闊門把夜神月帶回來，記得嗎？那天我說夜神月太胖了，無法穿越巷子，隔天才把他領回來。那書店我就覺得有點怪怪的。那次進去時就覺得渾身不舒服，不知道有沒有關係？」

巫眞忘不了那股奇怪的腐味。

方圓眼珠一轉，「我們過去看。」

「現在？」巫眞不情不願道。

「難道你想像那傢伙般變成大肚子？」

13

在那條寬度只有三十八公分的巷口外，方圓目不轉睛地盯著一個擦身而過的熟男。

「妳怎麼見人長得帥就一直看著?」巫眞不悅道。

「你發什麼神經?我是覺得他身上有妖氣。」方圓停下腳步，「前面走來這個女生也是。」

巫眞望向一個長得超正的女高中生，她剛從巷口出來，但他感受不到妖氣。她向他嫣然一笑，雙目發光。

兩人側身輕易穿過著名的窄巷口，穿過巷子，和其他出出入入的人錯肩而過。方圓覺得幾乎每個人身上都有妖氣。進了書店後，發現連站著看書的人也一樣，這書店果然有古怪。

「這書店肯定是妖氣的來源，來過的人一個個中妖。」方圓說。

「我始終一點妖氣也感受不到。」巫眞說。

「你被妖氣遮去了心眼，但你該慶幸這無損你探測正妹的敏銳度。」

巫眞不知如何招架方圓這一酸，「可惜老闆不在，不然可以向他問個究竟。」

方圓逕自在店裡兩層走了一圈後，提議說：「打電話找老闆過來，好問他是怎麼一回事！」

巫眞抓後腦，「怎麼問？他不知道我們有異能。」

「現在就告訴他。」方圓又來一貫的直來直往。

巫眞拗不過方圓，只好抽出手機。

14

貝貝十五分鐘後才趕來，不修邊幅，腳踏拖鞋，看來一點也不像是書店老闆，看到方圓時，也不禁有點吃驚。

「早知道要見的是大美女，我會穿好一點。」貝貝開玩笑道。

巫眞發現他一雙眼睛想注視方圓，卻又不好意思，只敢偷看。貝貝是見慣世面的熟男，但對著方圓也難免緊張起來。

「我不是來相親，而是來捉妖。」方圓正色道。

貝貝對巫眞除妖一事早就有所聽聞，「我這裡沒妖，書倒有一大堆，也想有個女妖來陪陪我。」

貝貝又開始平日的嘴甜舌滑，巫眞覺得他是升級版的夜神月，多了知道說話分寸的功能。爲免貝貝失控，巫眞說：「我們不是開玩笑。」

「我也不是開玩笑。可惜書裡沒有黃金屋也沒有顏如玉，自然也不會有妖。」貝貝答得一本正經。

「我和她都身懷異能，可以感測到妖氣。」巫眞沒向貝貝坦白自己暫時失去這能力，「像我的朋友夜神月就是中了妖，所以身體才不斷發胖。我們追查到這裡來，發現這裡很多客人也一樣中了妖。」

「是嗎？」貝貝狐疑地問。

「要是你每一個客人都像夜神月那樣變胖，再也無法出入巷口的話，你的書店就鐵定關門了。」

方圓道出箇中的利害關係，有些人是不見棺材不流眼淚。

貝貝半信半疑，「那我怎辦？你們要收我多少錢？」

「錢的事我們可以慢慢商量。」巫眞不想被誤會是詐騙集團。

「如果眞的有妖，要放火燒掉這家書店的話，我肯定血本無歸！」

「誰說要放火燒掉書店？」方圓一雙眼睛在貝貝身上仔細打量，「你最近有沒有得罪什麼人？」

「哪有？我只是一介書生，只做一手書買賣，從不與人結上梁子。」貝貝攤手。

「你想清楚一點。」巫眞道。

「眞的沒有。」貝貝一臉哀愁和無辜，「這回眞是屋漏偏逢連夜雨，我的店最近已半年入不敷出，再這樣亂搞的話，三個月後鐵定關門。」

方圓把巫貞拉去店的一角，以堅定的口氣道：「他身上也有妖氣。我隱隱覺得他是始作俑者。」

「怎可能？妖氣對他的書店有什麼好處？他可能只是受害者，對此一無所知。」

「如果可以像對付樹妖那樣，用天命劍把他直接劈開，問題就簡單得多。」

巫貞覺得以她一個唸文學的氣質女生，學過大量明喻、暗喻、借喻、象徵等修辭法，做事應該也講究修辭技巧，用男生的語言來說，就是講究謀略和用兵之道，絕不是用最直接的方法去解決問題，那往往也是最差勁的方法。

當然，這想法很難跟方圓分享。

「說來我還沒向鑄劍師道謝。」她身上散發戰鬥氣息，「明天一大早你跟我一起過去。」

「爲什麼我也要去？」他問。

「你不能老是宅在家，再說，這把劍只有你才能好好運用。就這樣決定好了。」

他根本沒有反對餘地。

15

凌晨三點半。

巫眞即使感受不到夜神月和其他人身上的妖氣，卻是無法忽視鑄劍師的房子裡噴出來的氣場，遠比方圓的要厲害得多。

鑄劍師陳劍和他想像中的不一樣，雖然年紀少說在六十開外，但一雙眼睛炯炯有神，銳利一如二十來歲的年輕伙子，一直緊盯自己不放。

「你身上有妖氣。」陳劍守在門口，不讓兩人進去。

巫眞和方圓均想鑄劍師果然不是蓋的。

「你們想找我幫你們除妖嗎？」陳劍面無表情地問。巫眞發現他的臉部兩側線條直得如直線，一張臉就是倒三角，像劍尖。

「不，」方圓沒趁機請求，「我知道你不除妖。自上次殺掉樹妖後，一直沒機會向前輩你道謝，所以今天特地親自過來，也把劍還給你。」

方圓說罷，巫眞用雙手把劍奉上。

陳劍沉吟片刻，仍不作聲。巫眞即使和他初次見面，也知道這前輩是個愼言的人。這種人不只會考慮每一句話說出來後聽者的感受，也會衡量每一句話的後果，所以，如果不是訥於言，就是把舌劍磨得異常鋒利，一如他鑄造的劍。

「不必還我。我的劍不是賣人，就是只送不借。你們殺了樹妖，顯然這劍已經找對了主人。」

「對對對，」方圓連連稱是，「我有個問題——要是我朋友中了妖，除了用劍劈他，還有其他除妖的方法嗎？」

「妳剛才不是說不問我除妖的事，怎麼現在又問我了？」陳劍沒直接回答。

「上次斬妖的就是他，現在他身上有妖氣，豈不笑話？想來簡直是侮辱了前輩的劍。」方圓解釋。

巫眞知道方圓打的是什麼算盤，但不知道能否奏效。

陳劍以平靜的語氣道：「我的劍都有靈。你們把劍擦乾淨，放在居家要處，以禮待之，見劍如見我，它自會幫忙斬妖除魔。」

方圓還想多說時，師父的眼神已添了冷冽，不等他出口送客，她便急急拉著巫眞向他告辭，還用手按下巫眞的頭，以表敬意。

巫眞的機車追逐在方圓的後面，任她的車尾燈在視網膜上留下彎彎曲曲的殘影。

早上四點半，大地像還沒有醒來。一根根燈柱守護公路，彼此之間相距很遠，很是寂寞。

看方圓騎車風馳電掣的架勢，一點也不像懷有身孕，當然，在初期是看不出來的。他只是好奇，她爲什麼要幫自己？她顯然不會愛上自己。唯一可能，就是他在樹屋裡救她，而她也感恩圖報。等她幫他除妖後，他們就各不相欠。

她以爲他什麼都不知道，其實他一清二楚。

雖然有她爲伴，但他自覺是一個人在這寂寞公路上奔馳，追逐在她後面，只能看到她的背影。

16

「我剛才在闊門二手書店聽說，店裡有妖怪，會從書裡跑出來，附到人身上……」

「那些妖會讓人變胖、變醜……」

「對，好像有人就變胖了連巷子也無法通過……」

書店有妖怪的傳聞在網路上本來只是一個人說，但你一言我一語後很快成爲台南人人皆知的都市傳說。

17

巫眞獨自回到家時，夜神月仍然以一座肉山甚至山脈的姿勢倒在沙發上，簡直和巫眞剛才出門時沒有兩樣。巫眞出手探他鼻息，發現仍有呼吸，不知是好事還是壞事。

巫眞本來把劍放在閣樓，名符其實的束之高閣。方才聽了師父一言，忙把寶劍拿下來，安排在電視旁邊的空位上，雙手合十參拜。見劍如見人。

他回到樓上，跌坐在床上後很快就倒頭大睡。

他醒來時已是下午一點多，走下樓梯，夜神月山脈已經從大地甦醒，穿了條短褲，打赤膊站在冷氣機底下吹風，拚命抓頭皮。

「你想把整顆頭抓下來嗎？」巫眞問。

「不。」夜神月用力搖頭。

「或者你想讓我家地板鋪滿你的頭皮屑？」

「不如你幫我把頭髮剪掉。」

「我不會理髮。」巫眞說的也是實話。

「我不要什麼髮型，你只管把我所有頭髮都剪掉！」

「你隨便找個理髮師都可以，爲什麼要找我？」

「我不需要什麼髮型，爲什麼要浪費錢？」夜神月從抽屜裡抄出剪刀，站在鏡前揮舞，「你不幫我，我自己來。」

「別弄髒我家，鋪好報紙再剪！」巫眞叫道。

「等下我幫你掃地就是。」夜神月邊剪邊答，一撮撮頭髮應聲落地，很快就見頂，「後面我看不到，可以幫我嗎？」

巫眞斜睨了一眼，「只限後面。」

「謝謝。」夜神月從鏡裡看巫眞。

巫眞從夜神月手上取過剪刀，準備動手時，卻停下手來。

「怎麼不動手了？」夜神月問。

巫眞半晌才有反應，「你有在頭皮上紋什麼嗎？」

「我哪會在頭皮上紋東西？」

「可是我看到一個字。」

「字？」

巫眞仔細揣摩。

「一個『月』字，比一片指甲稍大一點。」

「什麼月？」

「月亮的『月』。」

「怎麼可能會有個字在頭頂—？」夜神月一直在說，難得認眞。「你在開玩笑嗎？」

方圓接到巫眞的電話後馬上趕來看。

「這不是『月』字，是『⺼』字，也就是『提肉旁』。」

「不就是同一個字！」夜神月咕噥。

「寫法根本不一樣。」

方圓掏出手機，找出「月」字和「⺼」字在甲骨文、金文、大篆和小篆的寫法來做對照。

「夕」字

甲骨文

金文

大篆

小篆

「月」字

甲骨文

金文

大篆

小篆

方圓又說：「兩個字的寫法根本不一樣。『月』字大家都知道，『肉』字在隸書就不再象形。作偏旁的話，大家都寫成『月』字，但其實『⺼』字裡是一點一提，上面左上右低，下面左下右低。『⺼』字偏旁，我們的電腦字型無法顯示出來。我們的漢字文化就被電腦消去了差異。幸好，如果用倉頡碼單純打『⺼』字，字碼是『難月』。」

夜神月的名字有個「月」字，但對「月」和「提肉旁」的差別一直不求甚解，半晌後才懂得反應過來。「謝謝大師開示！」

「不愧是唸中文系的！」巫真佩服道。

「也許這『⺼』字就是妖氣所在。」方圓說。

「什麼妖氣？你們說什麼？」夜神月有點緊張。

「如果我的想法沒錯的話，你的頭頂上說不定也有個字。」方圓對巫真說。

「不會吧！」巫真半信半疑道。

「把頭髮剪光。」方圓下令。

巫真還沒來得及反應，方圓又下令給夜神月：「替他剪。」

夜神月對方圓的話言聽計從，和巫真一樣不敢反抗，但手腳比巫真慢得多。

剪了一半，夜神月驚歎道：「是個『言』字呀！語言的『言』。爲什麼我們頭上都有字？是誰寫上去的？」

「居然是不一樣的字。」巫眞說。

「爲什麼會是一樣的字？」方圓問。

「言字加巫字，就是誣告的誣。」夜神月自作解人，「難怪你老是誣告我！」

「我哪有？」巫眞抗議。

「你說我的嘴巴不乾不淨。」

「這不是誣告，而是事實。」巫眞覺得他根本是無賴。

「我不知道你們之間的恩怨，」方圓阻止兩人再胡鬧下去，「但我更肯定和那家二手書店脫不了關係。」

「我變胖了，和那二手書店，跟頭上的『月』字有什麼關係？」夜神月問，但臉容很快就變色，「不，不會吧！」

18

夜神月在公車上追問妖氣的事，巫眞才連同自己有異能這件事全盤相告。

「眞的假的？騙好大！」夜神月半信半疑。

「信不信由你。不信的話，沒人幫你。」巫眞不強求他相信。

夜神月興奮道：「好酷。那你們眞是天作之合，可以練陰陽雙修。」

方圓回頭向夜神月投了個凌厲的眼神過來，像要把他千刀萬剮，他只好乖乖閉嘴。

孔廟附近一如平日聚集了一撮撮的人群。聽歌的、散步的、遛狗的，不算熱鬧，但也不算安靜。

闊門外聚集了幾十人，似乎在排隊鑽進那道窄窄的巷口裡。

「怎麼一下子來了這麼多人？」巫眞問。

「應該是拜那篇貼文所賜，很多人對闊門很好奇，所以擁過來看。」方圓說。

巫眞覺得她的話不無道理，可是……

「書店裡面有妖怪啊！」

「現在的人早就已經對妖怪免疫了。」方圓皺起眉頭。

三人站在隊伍後面，看著前面的人一個接一個鑽進去，同時也要讓裡面的人鑽出來。巫眞回頭時，發現自己身後不知從什麼時候開始也排了一大票人。他們一下子已從隊尾變成隊頭。

夜神月仍然無法穿過，只能望門興嘆。「說不定我瘦了，方圓會對我改觀。」

「神經病！」巫眞丟下這句話後，也加快腳步。方圓從頭到尾都沒回答過夜神月。

兩人好不容易擠進闊門後，才驚覺裡面竟有萬頭攢動的盛況。要是不知就裡，還以爲身處台北國際書展裡。

所有人都在狹窄的通道之間緩行，眼睛在書背上搜尋，不知在找什麼。

貝貝守在櫃台，坐視絡繹不絕的人群，像孤坐汪洋裡的一座孤島，不，是在輕舟上，表情有點孤立無援。

巫眞以近乎攀山涉水之姿擠過去。

「有人在網路上留言說店裡有妖，我本來以為這回我的書店完蛋了，沒想到人潮反而變多。」

「你這下可算打響了知名度！」

「可是，真正要買書的人反而不來了。你朋友怎樣了？」

巫眞提起發生在夜神月身上的怪事。「有些來歷不明的字可以附在他身上，你記得他本名叫陳半月吧，『半』字和『月』字加起來，就是一個『胖』字，所以他愈來愈胖。」

「怎麼不帶他來？」貝貝問。

「他進不來，在外面。」

「你剃了光頭，頭上也有字吧？」

巫眞彎下身來，讓貝貝看在後腦上的字。

貝貝只看了一眼，「可以摸嗎？」

巫眞半晌後答：「可以。」

貝貝用紙巾擦乾淨手後，去摸巫眞頭上的字，還用力去揩。

「不褪色耶！」

巫眞站直身子，「當然不會，你以爲是用筆去畫的嗎？」

方圓站在遠處。那邊的位置比較高，可以居高臨下看著店裡人客的一舉一動。她像俯瞰一眾幽靈在書架之間浮遊，好些眾生也不忘舉頭向她行注目禮。

店裡人多，妖氣繞梁。要是有妖怪混在人堆裡，也難以找出來。

19

抑鬱的日子，靜靜地過了兩天。

別說還沒想到怎麼解決頭上的字，巫眞連是怎麼一回事也還沒找出大概。

兩天沒見方圓，已經覺得她好遙遠。不，從另一個層面來看，她其實已經離自己很遠。

他打電話過去。

「妳的身體近來怎樣？」

她略一遲疑，「沒什麼，你怎麼會這樣問？」

「怕妳太操勞。」

「沒事。我還年輕，還有熬夜的本錢。謝謝關心呀！」

「應該的。」

「要跟你說一句：有你眞好。」

他掛上電話後，想起幾個月前她在巷裡回眸向自己甜甜一笑的倩影。他們兩人自此走得愈來愈近，但接下來並沒有如他預期的發展。

不錯，如今他對她的認識是更深，卻也不是往他期望的方向。

「誰說是你的孩子？」「這不代表孩子也是你的。」「對，而且不只一個（男人）。」

她的話即使不是對他說，但仍然在他吃飯、洗澡、睡覺時在耳邊響起。

以理性角度來看，他應該要跟她好好表達自己的想法，問清她是怎麼一回事，說不定只是一場誤會。她只是在排戲（什麼戲？）、胡言亂語，或者其他自己參不透的理由。

但以感情來說，他無法接受她原來是兩面人而且背叛自己的現實。他寧願假裝一無所知，繼續讓自己存活在夢中，永不醒來。

夜神月不知道方圓的陰暗面，對她仍然有幼稚的迷戀。

其實，自己何嘗不是一樣？

他又打電話過去，

「要不要去夜市？」

「好呀！你來接我？」方圓說得爽快。

「可以呀。」他很樂意在晚上和她約會，氣氛比較好。

「別吃那麼多油炸的，對身體不好。」

方圓想買鹽酥雞時，巫眞出言阻止。

「你最近好怪，特別留意我的身體。」方圓終於發現。

「我是關心妳呀！」巫眞舉出擋箭牌。

「謝謝關心。」方圓報以甜甜一笑，「烤香腸可以嗎？」

「別太多就是了。」

方圓點了香腸後，反過來問他：「你中了字鬼後身體有什麼不舒服的嗎？」

「沒有。一點也沒有。」

「也是。你是變成了『誣』，而不是『胖』。可是，你誣什麼？」

「我也不知道！」巫眞話題一轉，道：「妳的氣最近好像變小了，是什麼原因？」

「你是什麼意思？」方圓馬上架起防護網。

「妳的氣場沒有變小這麼久過。」

「可能是最近功課壓力太大。」

「你怎麼不吃東西？」方圓回問。

「我不餓。」

「那你約我出來幹嘛？」方圓嬌嗔問。

我只是想見見妳。這句話懸在巫眞嘴邊，卻始終說不出口。

方圓見他沒答，也沒有追問，剛好碰到了朋友，便和對方打招呼。

他注視方圓的背影，千頭萬緒湧上心頭。

他沒有忘記她身懷六甲。她會怎麼處理？把孩子生下來？或者去打掉？

不管怎樣，其實都與他無關，所以，她也沒有告訴他。他只是她人生長河裡一道小小的風景。明年今日，說不定他們已不再來往。只有他還會想念她，而她已把自己徹底遺忘。

爲自己好，他應該盡快把她忘掉，愈早愈好。可是，愛上一個人和吸毒一樣，愈遲愈難戒掉，愈痛不欲生。

遠在他認識方圓前，他已明白箇中道理，可是，等喜歡上一個人後，才會知道要忘掉一個人是多麼艱難，特別是那天面對樹妖誘惑時，他算是做了這輩子爲止最艱難的一個決定。即使隔天方圓離開他，他仍然不會改變那日的決定，無怨無悔。

他希望在兩人的感情無疾而終前多見面，即使最後自己要承受的痛苦只會更深。

他感到一陣悽悽，不知道自己能否戒掉她。

回到家時，夜神月坐在沙發上，見巫眞沒精打采，開玩笑問：

「你的心上人要跟你分手嗎？」

巫眞白他一眼，沒有答話，一聲不響上二樓。

「媽的！我是透明的嗎？」夜神月對著滿屋的貓問。牠們對他更不理不睬，即使他負責餵食、打掃和剷屎已超過一個月。

20

一大早，光頭的巫眞站在鏡前，手裡也拿了另一面鏡，這樣他才能看到頂上那個「言」字。

那個字比指甲稍大，沒有變大，也沒有變小，沒有移動位置。

這是他身上妖氣所在。這個「言」字就是所謂的字鬼。

那字無法用手拭去，也無法在洗頭時擦走。他試過用膠布貼在字上面，希望可以蓋去妖氣，但仍然無效，方圓站在十公尺外仍能感受到。

自從殺了樹妖後，他以爲只要手握天命劍，斬妖除魔就是件很簡單的事。顯然，原來簡單的是他的想法。有天命劍又如何？難道把自己的頭腦連同字鬼一起斬下來嗎？

也許，他眞該慶幸自己只得一個「言」字，加起來的損害也不及夜神月的「月」字來得嚴重，目前這傢伙已胖得不是像兩座山，而是一座山脈。

「你眞的不留下來讓我們替你除妖？」巫眞見夜神月在鏡裡出現時，轉過身問。

夜神月難得站在客廳裡，而不是坐在沙發上。他身上的新衣大得可以讓巫真當薄被，但對夜神月自己來說，已開始嫌小。

「不用了。你也看到，我帶來的衣服已經不合身，而且你的家也變小了，我連轉身也感到困難。我家比這裡要大得多。」夜神月眼裡難得出現哀傷。

巫真替夜神月拿行李，送他到台南火車站。

「等我找到除妖的方法，一定馬上告訴你。」

「別安慰我了。我會自己看醫生想辦法。」夜神月說。言下之意，就是他始終不相信有妖。

不管自己說得多言之鑿鑿，甚至還有頭上的字此一物證，夜神月始終不相信。有些人就是不相信。

所以，方圓和自己其實是同一類人。只有在她身上，才能找到共鳴。她一定也遇過這種事情，所以採取低姿態，也因為保持這姿態太久，把自己保護得太好，也教外人覺得難以接近。

他愈設身處地從她的角度想得愈多，也愈了解她，不過，她始終也有他參不透的地方，那也是他和她之間的一道鴻溝。

21

他回到家裡，回到只有他一個人的家裡。夜神月雖然嘴賤，但還會陪他一起看電影，也可以聊小說，提出相反意見，有時也會教他眼界大開。當然，也可以聊方圓，即使他居心不良，但方圓是巫眞樂此不疲的話題，只要提起她，他心頭就會湧起一陣幸福。

快到中午十二點，巫眞發現巷裡有點異動，那些貓發出一般人聽不明白的貓語：

「有客到！」

他馬上停下手邊的工作，走到巷裡，發現兩個陌生的女子——看來是一對母女——面對滿巷的貓裹足不前。

從兩雙盛滿懼意的眼睛判斷，她們是想進來的。

「妳們找人嗎？」他上前問。

「對。」母親應該四十出頭，怯怯地說：「請問你是巫眞先生嗎？」

「我是。」

「你長得好年輕，而且好帥喲。」

這種話巫眞聽了很多次，但還是很不習慣。對方可能只是客套。唯獨方圓，不會這樣說話。

「我女兒喜歡去那家妖怪書店，現在她變得愈來愈瘦。」女人拉起女兒的衣袖。她大概十五歲，在短袖衣褲下的手腳骨瘦如柴，走起路來幾乎沒有力氣，也不多話，只對他靦腆一笑。

「她叫什麼名字？」巫眞問。她的名字可以提供線索。

「力悠。體力的『力』，悠閒的『悠』。和名字有關係嗎？」女人好奇問。

難道她沒聽過「字鬼」的傳言嗎？「人有關係。我該怎樣稱呼妳？」

「你可叫我李太太。」

巫眞領這對母女進去房子裡，泡了茶，道：「我不確定她是不是中了妖，除非妳把她的頭髮剃光，讓我看她頭頂上有什麼字。」

「不行，我女兒好不容易才留下這把長髮。」李太太馬上拒絕，「你要我女兒怎麼回學校？」

「她現在也很難上課吧！」巫眞心念一動，「等等，我也許有個好方法。」

他招手呼喚幾隻對氣場敏感的貓過來，問：「你們探到她身上的妖氣嗎？」

眾貓搖頭，其中一隻道：「也許妖氣太弱。」

「或者剛感染。」另一隻道。

「不，我看是這妖能把氣隱藏起來。」第三隻道。

巫眞嘀咕，怎麼現在那麼多妖都能把氣隱藏？他和方圓的探測能力豈不是完全作廢？

母女倆不知他在和貓對話，以爲他是和貓在玩，但也不好發作，是以臉上表情非常古怪。

巫眞走到巷外，任母女倆對滿屋的貓露出驚歎之色，抽出手機撥給方圓，「妳有空能來一探她們身上的妖氣嗎？」

「我願意去，但恐怕也愛莫能助。」她答。

「爲什麼？」

「不知怎地，這幾天我的氣場愈來愈小，我看即使你站在我面前，我也無法探測到你身上的妖氣。」

巫眞當然知道眞正的原因，也知道她不願告訴他的理由。

「那我叫她剃光頭髮好了。」他說。

「哈，小女生一定不願意，你死心好了。」電話傳來她的笑聲。

「最近這幾天妳忙什麼？」

「忙作業。要寫篇一萬字的論文，要查很多書。」

掛斷電話後，他抬起頭來，又見一個男人走進來。看來今天來找自己的人眞多。

這男人長得挺高，深色皮膚，頭髮很長很鬈，像齊秦。

男人手握紙巾，一雙眼睛通紅得像充血。

「你也是來找人除妖嗎？」巫眞問。

「嗯，對，我好慘！我本來是個很man、像一匹狼的男人……現在變成愛哭鬼。看到鄰居罵小孩子時會哭，看新聞說有小狗走失了會哭，電影散場時會哭。對我來說……說……人生簡直就像梁靜茹的《會呼吸的痛》，什麼小事我都能大哭一場，完全不受控制。忘了說，我常去『闊門』。」

男人哭哭啼啼地把話說完，兩眼仍然淚流不止。

巫眞上前把他引進屋內時，發現那對母女早就站在門邊，明目張膽地把一切動靜全看在眼裡。

「你叫什麼名字？」巫眞問。

「我……我叫林卓立。卓爾不凡的『卓』，站立的『立』。」男人的淚水簡直如崩堤般沒有止境。

兩母女率先坐在沙發上，等男人進客廳後，才自動挪開，好讓男人可以坐在沙發的另一邊。

巫眞拉了張椅子過來，坐在他們面前，摸了摸自己的光頭後，用認眞無比的語氣道：「我沒有超能力可以探測你們是不是中了字鬼，唯一的方法，就像我剛才說的，請你們剃光頭髮，這樣我才能看清楚你們頂上有沒有字。」

「不行！」三人異口同聲道。那女兒坐立不安，用堅定的眼神告訴他不容剪她半寸秀髮。

男人更在發出「哇」一聲後，哭得近乎天崩地裂，巫眞深怕他會像哭倒長城的孟姜女，發出比921大地震更強大的能量，把架上的影碟和書都震動下來。

此時外頭有怪聲傳來，男人的哭聲稍歇。巫眞聽出原來是一陣笑聲，像鞭炮似地一串串沒完沒了，向他的房子逼近。

巷裡的貓不像方圓來襲時那樣退散，顯然這笑聲沒有惡意也沒有攻擊性。

巫眞走出屋外，只見一個女人一邊狂笑一邊走來。群貓不是對她沒有反應，但最大反應也只是側目。

「妳也是來找人除妖嗎？」這已是巫眞今天第三次提問。

那女人約三十來歲，一邊大笑一邊說：「哈！對，我從前天起開始笑個不停，不管看多慘的新聞、多悲慘的韓劇，都無法制止。即使那個男主角告訴女主角說原來他們是兄妹，我只會笑他們眞是笨死了，大家都是同一個姓來自同一個鄉下，而且父親母親唸同一所高中和大學，父親還叫同樣的名字，怎麼可能在快要結婚時才發現？哈哈！」

巫眞也覺得好笑，但不值得一笑再笑，更不會爲此笑到停不下來。

「妳叫什麼名字？」

「張合宛。合作的『合』，宛如的『宛』。哈哈！」女人一對虎牙非常突出，笑著問：「我的名字是不是很好笑？哈哈！」

「不會。」

「可是我不知怎地就覺得我的名字很好笑，眞是聽見就想笑。哈哈！」

巫眞覺得她有點煩，嘴巴一直闔不起來笑不停。

他示意她進客廳。那對母女和男人直直地注視她，彷彿她是入侵者。三人座的沙發已經滿座，但也只好讓她站著了。他把剛才的話重說一遍：「……請你們剃光頭髮，這樣我才能看清楚你們頂上有沒有字。」

「不行。」沙發上的三人組仍然堅持立場。

「妳呢？」巫眞問笑個不停的女人。她的及肩長髮隨著笑聲搖擺不定，彷彿連頭髮也會笑。

「要剪就剪吧！」她爽快答應。

巫眞抄起剪刀，遞給沙發上的李太太，「妳可以幫個忙吧！」

「我？」

「難道是我？我只負責除妖，不包括剃頭。」

李太太只好答應，但張合宛始終笑不停，即使坐下來仍然花枝亂顫，要李小妹妹幫忙按著。

幸好李太太手法靈活，很快就把頭髮剪掉，把頂上的髮屑撥走。

「有個四方形耶！」李太太驚叫，男人和李小妹把頭聚過來，看了均嘖嘖稱奇。

「怎麼頂上會有個四方形？眞是有趣！」張合宛很是興奮。

巫眞很快就想出答案，「那不是四方形，而是『口』字，加上妳名字裡的『合』字，加起來就是『哈』字，所以妳一直笑不停。」這個字謎的難度只是入門級的。

林卓立見了，摸摸自己的長髮，「莫非我頭上也有字？可是，我這把長髮已經留了很久，代表我的不羈和叛逆。」說時仍不斷飲泣。

「你不剪，就不知道答案。」巫眞見他的立場有點動搖，忙加把勁遊說。

長髮男低聲地自言自語了一陣，終於點頭答應。巫眞又再請李太太揮剪。

「爲什麼又是我？」她問。

「煩三家不如煩一家，妳反正功多藝熟。」

林卓立一直低頭，目睹頭髮一撮撮掉到地上，淚水也一直翻下。

「又有字耶！」李太太像發現新大陸似的。

「是什麼字？」眾人同聲問。

「是個『水』字。」

「不出所料，也不難猜。」巫眞胸有成竹說道：「『水』加『立』，就是『泣』。」

「可是我不是泣，而是大哭。」林卓立說。

「少給我咬文嚼字了，只要哭個不停就算了。」巫眞問李太太：「想知道妳女兒頭上的是什麼字嗎？」

「她一直變瘦，可是我女兒的名字是力悠，和『瘦』字怎麼也扯不上。」李太太道。

巫眞同意，不過還是彎下身，問李小妹：「妳想知道答案嗎？」

李小妹睜大眼睛，橫掃現場一眾人等，眼神裡隱含不安，沒有答話。

「妳想繼續瘦下去嗎？」李太太問。

李小妹點頭，喃喃道：「瘦就是美。」

巫眞問：「妳想在談一場戀愛前死掉嗎？」

李小妹搖頭。

「這就是了。」巫眞把剪刀遞出去：「有請李太太。」

「又是我？」

「妳的女兒，自然讓妳出手。」

李小妹在三人裡是最正常的，既沒笑個不停，也沒有淚流不止。

李太太快刀斬亂麻，替女兒剪完頭髮。

「是個我不知道是什麼的字。」

其他人探頭去看，只有巫眞知道這是「幺」字。

「這字怎會讓她變瘦？」林卓立問時，不自覺和張合宛四眼交投。巫眞剛才已發現這兩人眉目傳情。一個愛哭一個愛笑，正是天作之合。

「我也不明白。」張合宛附和道。

「就是這個『幺』字讓她變得愈來愈瘦。」巫眞說出答案，「『幺』和『力』字加起來，就是『幼』字，所以她的手腳變得愈來愈幼細，比瘦還來得厲害。」

眾人恍然大悟。

「知道你們頂上的字，只是除妖的第一步，我要去找應對辦法，請給我一點時間。」

巫眞其實沒有方法，只是找個藉口打發眾人離開。

22

兩天後是星期六。巫眞對字鬼仍然束手無策，晚上再去闖門時，發現巷口雖然不像上次那樣人潮洶湧，但出入的人還是比平日多。

這次進書店比上次容易得多了，人群都聚集在書店的一頭。巫眞長得高，輕易越過一眾人的頭頂看到是怎麼一回事。

原來貝貝在店裡一角闢了個空間出來做講台、辦講座。

「我是本店店長貝貝，相信很多人都認識我。不過，如果你以往只是在深夜來的話，也許從來沒見過我。但是，我信任你們，所以，本店在晚上長期處於無爲而治的狀態。請大家爲自己的誠實先鼓掌。」

台下的三十多人報以熱烈掌聲。巫眞沒想到貝貝原來也會炒熱氣氛。他邊說邊向台下揮手，大概是碰到相識的朋友。

「最近網路上流傳本店有妖怪，來過的人都會中妖，在場的應該有很多妖怪才對，所以，今天我們請了幾個著名作家從台北下來爲我們介紹妖怪，好讓你們可以更認識自己。」

台下的掌聲更熱烈。

巫眞沒有留下來，不是邀來的作家不具吸引力，而是他想起方圓的話。她一直懷疑貝貝。他本來以為方圓只是疑神疑鬼，根本沒有那回事。可是如今見貝貝竟然利用字鬼來為書店宣傳，雖然不禁要讚他想法靈活，但也開始懷疑整件事是他自導自演。

他掏出手機。

23

等講座最後幾個觀眾離開後，貝貝把門上「營業中」的門牌反過來，變成「準備中」。

他確認店裡沒人後，把靠在一角的工作梯搬到中間一個書架底下拉開，再攀到梯頂，伸手去探書架頂。上面放了好些書，他抓起打開平放像鳥兒張翼那本，再回到地面。

把工作梯收起來，回過身來時，貝貝發現巫眞和方圓兩人在注視自己。那方圓不施脂粉，和第一次見時不一樣，像是匆匆趕來。

「你們怎麼會在這裡？」貝貝驚問。

「你不知道你的店裡有很多死角嗎？」巫眞反問。

「我太累了，今晚要休店了。」

「那書是不是跟《死亡筆記本》一樣，名字寫上去就能殺死一個人？」方圓問。

「開什麼玩笑？」貝貝堆起笑臉，對方圓說：「妳看來很像大學生的樣子。」

「我就是大學生！你手上的書可以給我看一看嗎？」方圓伸出手來。

貝貝當沒聽到，一手握書，一手把工作梯放好，「很晚了，你們回去吧。」

巫眞可以肯定那本書不簡單，「貝貝，你我相識一場，我們兩個你一個。你把書交出來，我們還是朋友。我們去搶的話，就回不了頭。」

貝貝說不出話來，嘆了口氣後，把書遞出。

方圓一接過這本書紙早就發黃且封面有點捲曲的書，就感到一股妖氣從紙頁裡透出來。這書的封面和書背都沒字，目測厚度約有四、五百頁，掀開後發現裡面沒有頁碼，字也不多，頂多只有幾千字，算是乾乾淨淨，可以當筆記本來用。

貝貝沉默良久才再開口，「你們直接報警吧！」

巫眞不禁失笑，「你以爲警察會理這種事嗎？」

方圓也打趣說：「你是不是日劇看太多了？眞的以爲會有一個妖怪大搜查課。」

「你們想怎樣？」貝貝問。

「告訴我們有關這書的一切。」巫眞和方圓對望了一眼後說。

貝貝招呼巫眞和方圓坐下，沏了壺茶後，終於開始講眞話。

24

大概四個月前左右吧！有個我從沒見過的男人到店裡。

他不怎麼高大，但只要看他一眼，就永遠忘不了。

他蓄長髮，用來遮著整整一半的臉，會不會是通緝犯？不，通緝犯只會躲起來，不可能如此張揚。我既好奇，也忐忑不安，卻又不好意思走過去看。

他捧了好幾本舊到沒人要的書到櫃台，都是水牛出版社的歷史書。那些書在這裡躺了已經不知多少年，我多高興它們被買走。

我偷看他的臉，原來長髮遮著了一片很大的淺紅色胎記。如果沒這胎記，他是挺man的。

我以爲像他這種人會因自卑而沉默寡言，沒想到他竟和我攀談起來，慨嘆像我這種賣二手書的書店已經愈來愈少了。我說是呀，現在的人都不愛看書了，所以我也是慘澹經營。

他把結完帳的書放進背包裡，問：「要是這書店倒了，你有什麼打算？」是外地人的口音。

「不知道，這店是我爸留下來給我的，是他的心血。我希望可以繼承他的遺志，不管多艱難，都會堅持下去。」

「我看只要可以讓這書店經營下去，不管什麼方法你都會試。對嗎？」

「只要不是違法的都可以。」我暫時放下手邊的記帳工作，「不過，一家書店現在可以做什麼違法生意？賣黨外雜誌嗎？連李敖都走了呀！」

「放心，我教你的方法，絕對不是非法的。」只亮出半邊笑容的男人有種說不出的詭異，「你今晚有空嗎？」

我被他的話吸引，「有的。」

「我明天一早就要離開台南，你晚上十點來我住的那家飯店的咖啡廳，我們好好談一談吧！」

那時我就奇怪，爲什麼要去咖啡廳？在這裡聊不行嗎？我既不是小女生，也不是小男生，不怕他把我拐上房間裡做什麼。

那也不是什麼五星級大飯店，只是走歐風的小旅店，在台灣像便利商店般遍地都是。

只是，我沒去過這家，也沒想到這咖啡廳的裝修很奇怪，裝潢成森林般的模樣。

他挑了最暗的一個角落坐下來，在看剛才買來的書。

「很高興你來。」他站起來。那把長髮在這環境底下其實有點陰森。要是換成白衣就是貞子！

「你太客氣了。」我希望他別教我失望。

「在這年頭還願意經營書店，我該向你致敬才對。請坐。」

我和他就這樣客套寒暄了一陣後才入正題。他喝了口茶。

「這是媒體爆炸的時代，有些人沒有書緣，畢業後就不再看書，頂多看教你怎麼發財的書，這些人我們可以不必理。我們目標是那些真的愛看書的人。如果他們全跑去看電影、電視劇、打電動，不再回過頭來看書，閱讀這個風氣從此就會氣數已盡，一去不返。」

「這是世界大勢所趨，我們可以做什麼?」我問。

他從袋裡掏出一本書來。頁紙已經發黃，但書角沒有被摺到。封面是密密麻麻的中文字，簡直就是字海。字海之外沒有一點空白。我從沒見過這種設計。

「翻開來看吧!」他對我說。

我照他說的掀開書頁，沒想到內文也是一樣，同樣是密密麻麻的中文字，沒有分段，沒有隔行，沒有標點。

我自問算是看很多書，也認得很多字，可是裡面的字有不少連我也不認得。我不知道怎麼讀這本書，或者，有什麼人會感興趣。

「這書無法一個個字看，只能算是藝術品吧！」我想起中國藝術家徐冰，就是靠造字闖出名堂。

「這書上面的字，叫『字鬼』。一個字一隻鬼，可以讓那些被附身的人一而再、再而三地回頭光顧你的書店。」

他語氣認真，一點也不像開玩笑。

「怎麼可能？」

「你看這裡有些字只是部首，本身並沒有意義，要加到其他字上才完整，所以，也要附到人身上才能發揮作用。」

我半信半疑，但也對這本奇怪的書很有興趣，這樣一本怪書雖然無法讀下去，卻有收藏價值。

「你想買下來嗎？」他一眼就看穿了我。

「多少錢？」這句話以往只有人家拿書來我店裡賣時才問我，如今我居然反過來去問人家。

「書後面有定價。」

我把書翻過來，定價是一千台幣。

「就是這價錢？」太便宜了吧！

「一定要用這價錢，不多不少。這本書以一千賣給你，我實在虧大本。」

他拿了一張紙出來，在上面寫了個「田」字，然後把紙夾進書裡，「明天晚上，你把書打開來，就會知道我沒有騙你。」

「明天才知道，會不會太遲？」我打趣說。

「如果你怕被我騙的話，就不用買。這年頭眞要騙人的話，像那些內線交易，至少也得是從一千萬起跳！」

我願意在其他地方省下錢，寧願節衣縮食也要買書，這是愛書人的宿命。

一千元並不多，被騙的話，就當是繳學費。

我當下就掏了兩張五百元台幣給他，「現在這書打開了，我們不怕中字鬼嗎？」

他把錢收下，「沒事。這書要攤開六個時辰，也就是十二個小時後——用時下的術語說——才進入開機狀態。我們這樣就算看一陣，不會有事。」

原來如此，我又問：「你為什麼要把這書賣給我？」

「書賣有緣人。」他意味深長地說。

25

「第二天我打開書時，那張字條上的『田』字竟變成了『萬』字，而且會自己在紙上爬動，走得還很快。我不知道原因是什麼，只管伸手去抓。快要抓到時，沒想到那個字居然螫了我一下，我的手馬上紅腫起來。」

貝貝伸出右手，右手手背有個疤痕，像被刺中一針，那區域的皮膚仍然粗糙不堪，看來確是紅腫過。

巫眞馬上說：「我知道，那個『田』字被字鬼上身，變成『萬』字。」

「這任何人都猜得出來，可是，那個『萬』字怎會移動，而且可以螫人？」貝貝問，但從表情看來，他是在考我們。

巫眞望向方圓，四目交投，她看來也不明所以。

「你們對中文字的認識眞膚淺。」貝貝趁機取笑我們，「『萬』字最初的意思，就是蠍子，是個象形字。」

貝貝寫了個字出來。

「這是用甲骨文寫出來的『萬』字。」貝貝用學者的口吻說，接下來又用金文、小篆的方式一一寫下。

金文

小篆

「今天我們用的漢字經過好幾次演化。你們可以看出，那個草字部就是蠍子的螯，萬字底下的左右是腳，中間的勾就是尾巴。」

「天呀！沒想到連紙也可以被感染！」巫眞不禁驚歎再三，「我以爲只有人才會。」

「別怕，字鬼也不是什麼都能感染，據我的經驗，字鬼只能感染人和夾在書頁裡的紙。」貝貝說。

方圓眼神銳利，對貝貝說：「他來找你沒錯，你去飯店的咖啡廳找他也沒錯，但是談話內容不對，你少騙我們了。」

「怎會不對？」貝貝驚問。

「如果眞是這樣的話，你不可能在我們說有字鬼後，還敢來開什麼妖怪讀書會，更把書攤開來繼續讓字鬼感染人，而是應該早早藏起來。」

巫眞被方圓的話一言驚醒。「沒錯，你在騙我們！」

「你們說什麼？我的手確是被螫過啊。」貝貝再次展示皮膚粗糙的手背。

「你的手確是受過傷，但是不是眞的被螫過，我們無法確認。就算眞的被螫，也不代表你沒騙我們。」巫眞說。

「我騙你們什麼？」貝貝不服氣地問。

方圓道：「根本所有事都是一早準備好了，包括網路留言應該也是你自己放上去的，如果不是這樣，你根本不可能在短時間內就能在店裡安排妖怪讀書會。像那些台北的作家，你最起碼要一個星期前約人家南下吧！」

貝貝漲紅著臉，終於閉上嘴，不再爭辯。

「告訴我怎樣除去字鬼！」巫眞不問別的。

「我不知道。」貝貝垂頭喪氣地答。

「別騙我！」巫眞終於不再客氣，即使對著這個他曾經敬重的男人。

「算了，不必問他。」方圓站起來，連眼尾也沒掃到貝貝，「我猜到對付這些字鬼的方法了。走吧！」

26

巫眞已好久沒踏進方圓的家。看來她確是在忙功課，看得出她剛才出門時行跡匆匆，書桌上散滿課本。

方圓問：「你要進洗手間嗎？」

「不用。」巫眞一愣。

「不，還是等我一下。」方圓把食物放下後，進去洗手間裡，很快就把一件件衣物收下來，「幸好乾了。」

巫眞好奇地瞥了一眼，不料方圓正在收小三角，他急急把頭縮回去，深怕被方圓發現會以爲自己是變態。只是沒想到，她的內衣褲超多的。

「我不該打擾妳，妳還要忙著做功課。」巫眞不好意思地說。

「想到你身上有字鬼，我反而忐忑不安，無法專心。」方圓把衣物放在一角，「吃了再替你除妖吧！」

巫眞一聽，有種莫名的感動，很想上前好好抱著方圓。

兩人開始吃起晚餐來。巫眞想起兩人第一次吃早餐的早上，沒想到自己進食速度竟比女生要慢得多，結果她吃完就馬上離開了。今天又浪費了方圓很多時間，所以他低著頭，二扒兩撥就把晚餐解決完畢。

「你怎麼吃得這麼快？」她只吃了三分之一。

「好吃嘛！」他說，也不完全是謊言。

她擦乾淨嘴巴。「你去拿張紙，寫個有『言』字部的字，卻不要那言字。你明白我的意思嗎？」

「就是寫半個字，然後把我身上的那個字鬼吸引下來。」

「完全正確。跟你說話有個好處，事情不用講第二遍，講一遍你就明白了。」

方圓繼續吃晚餐，繼續慢條斯理。

她的潛台詞不就是心有靈犀一點通？巫眞高高興興地在一張便利貼上寫了個「舌」字，「寫好了，怎樣叫字鬼吸走？」

「大概把這張紙貼在你身上等幾個小時就可以了。」

「應該不用貼在額頭上再一跳一跳吧？」他開玩笑問。

「如果是的話，你就從這裡跳回去，我會跟在你後面假裝趕屍。」

巫眞準備把便利貼貼在身上時停下手腳，「會不會貼在那個言字上面才有效？」

「不知道，我懷疑連老闆也不知道。」

方圓站起來，從衣櫃裡取出頂灰色的扁帽，遞給他。

「妳怎麼會有頂這樣的帽子？」巫眞接過。

「朋友送我的啦。」她說。

巫眞把便利貼貼在頭頂上，再戴上帽子，站在鏡前左顧右盼，「有點像電影裡的小流氓。」

方圓走過來，「這帽子和你還挺配的，你不用還我。」

「不，我會還妳的。這是妳朋友送妳的。」

「不用了，你要我變成女流氓嗎？」

方圓坐回去，繼續未吃完的晚餐。

27

巫真剛醒來，就去摸頭上的扁帽。

幸好，沒有掉下來。

脫下帽子，再摸那張便利貼，也沒有掉下來。

他睡了好歹有八個小時，那些字鬼應該像小昆蟲被蟑螂屋吸引般吸過去了吧！

他把便利貼撕下。那個「舌」字仍然原封不動，沒添一畫。

那個「言」字仍冥頑不靈地動也不動，固守在他頭頂上。

他就知道事情不會這麼順利。

28

巫眞和方圓下午再前往「闊門」。

想到自己可以輕易穿過巷口，巫眞就想起夜神月，不知道他現在變成怎樣了。

貝貝不在店裡，那本書也不在。

「都說來之前應該打電話問一問。」巫眞見店裡沒有多少人，貝貝可能去吃飯。

「我們不用跟他講什麼禮貌，突襲才能教他沒有心理準備，殺他個措手不及。就像昨天一樣。」

方圓仍然保持一貫的風格。

沒多久，貝貝就回來了。他聽了巫眞對付字鬼失敗的故事後，眉頭又皺起來，「我眞的不知道怎麼對付那些字鬼，你們放過我吧！我只是想好好賣書而已。」

「爲了賣書，可以放字鬼來感染人嗎？」方圓損他。

貝貝答不上話來，巫眞又問：「難道你不怕被字鬼感染嗎？」

貝貝這次答得上了，「我當然問過那男人。他說感染了，就無法除妖，所以，只能預防感染。」

「怎樣預防？」巫眞和方圓同時問。

貝貝捲起左手衣袖，露出手臂上的紋身。

龍龍
龍龍

「是眞的嗎？」巫眞覺得像中學生的作品。

「當然不是，我怕痛，只是每天早上用色筆補充筆墨。」貝貝鐵青著臉解釋。

「開什麼玩笑？就是寫四個龍字，用四條龍護體，教字鬼不敢入侵嗎？」方圓問，和巫眞相視而笑。

「都說你們書唸得太少。這不是四個字，而是一個字，音讀ㄓㄜˊ。」貝貝彷彿逮到兩人的小辮子，趁機取笑，「這是筆畫第二多的中文字，有六十四畫，是龍飛騰的意思。」

巫眞去看方圓，她一句話也說不出來。從和她相處的經驗判斷，她相信貝貝說的是眞話。如果她相信，他也沒理由不相信。這回眞是受教了。

巫眞不禁問：「筆畫最多的是哪個字？」

「三個雲和三個龍加起來的疊字，總共八十四畫。」貝貝又寫出來。

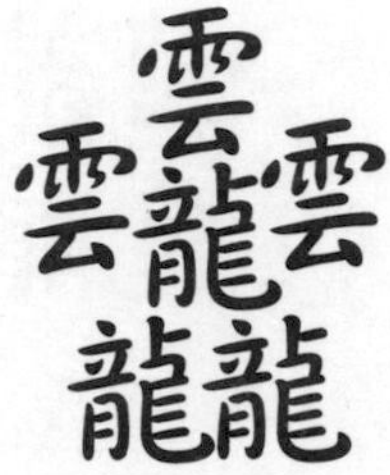

「這字是什麼意思？」

「龍在飛翔騰雲駕霧。是和製漢字，也就是日本人自己做出來的字。」

「這也算是字嗎？」

「當然算。」

「我意思是說，這字不在我們的字典裡面。」方圓說。

「這是日本人的姓氏。他們有人天天在用。」

巫眞心想，不像對付樹妖，和字鬼交手還眞能長見識。

「你怎麼不把這字寫在手臂上？」

「筆畫太多，太難寫了。」貝只失笑。

「有了這四條龍的怪字在身上，你就百毒不侵了嗎？」方圓拉回扯遠的話題。

「對。」貝貝點頭，「妳看這個字，已經無法再添一畫。」

離開「闊門」後，方圓安慰巫眞說：「哪有可能第一次除妖就上手的？要我去你家陪你嗎？」

巫眞又想到方圓桌上堆積如山的課本。「妳快回去做功課吧！」

方圓也沒有逞強，說了句「你自己小心了」，就跟他道別。

29

回到家，巫眞放開嗓門大叫了一聲，群貓仰頭注視他，退後三呎，不敢接近。

難道要他揹著這個言字一輩子嗎？他的名字裡又沒有這個字。如果他是姓許姓謝姓譚的，還可以把這個字塡好，像紋身一樣耍酷。

不如就把這個「言」字二二添作五地變成「謝」字，這樣以後要謝謝人家，就不用開口，只要讓頭頂給對方看就行了！

如果是「愛」字也不錯，可以表現自己對愛情的忠貞和堅定。

他把供奉的天命劍取下來。這把劍是方圓向鑄劍師求回來，卻只有自己可以斬妖。斬樹妖，救方圓。它不錯能斬妖，可是妖附到人身上的話，就無可奈何了！

他拔出劍，一道寒光馬上從劍鋒裡迸發出來。一樓的貓登時跑到屋外。這劍的氣場非常強勁，連自己對妖氣沒有很大反應的人，也能輕易感受到劍氣的力道。

他學起那些劍客，在家裡隨意揮劍，希望這樣一揮就可以把身上的妖除去。

當然，這只是他的痴人說夢。

只是沒想到，一下沉實的聲音突然從地板傳過來。

他望過去，只見一本書掉到地上，似是剛掉下來的。家裡的貓從來不會把書推倒。可是他揮劍時並沒有碰到書架，剛才也沒有發生地震。

如果是地震，掉下來的可不只一本書。

這書怎會莫名其妙地掉下？

那書架他已經好久沒動過。

他把劍收起歸位後，再把書撿起來。

《費曼物理學講義》第一卷「力學、輻射與熱力學」。

費曼是著名的物理學家，曾獲諾貝爾物理獎，雖然已離世多年，但這套根據他的大學講義所著成的書卻是跨越時代的經典。

巫貞雖然不是物理學系的學生，但對物理學很有興趣。他已好久沒翻過。

只是，這書怎麼會突然掉下來？

他的思緒回到幾分鐘前。他把天命劍抽出來，一道道逼人的劍光在客廳裡晃動，掃過一個個書架……

然後書就掉下來了。

也許他還要問的是：爲什麼掉下來的是這本書？

是不是天命劍在告訴他除妖之道？

但除妖和力學有什麼關係？

他認眞地把書的目錄看了一次又一次，仍然沒有頭緒。

天！不會要他從第一頁翻到最後一頁吧！即使每一個字他都看十遍，他也不認爲除妖和「牛頓力學」或「布朗運動」有關。

也許，聰明的方圓可以幫上自己。

30

「你怎麼能期待我？我對物理學一竅不通！」方圓下課後來看他，「你忘了我是一個文學系的學生嗎？」

「說不定妳可以給我一點啓發。」巫眞鼓勵她，摩拳擦掌道：「來，說什麼也好！看妳會給我什麼靈感！」

「我不是靈感女神。」方圓無奈笑。

「對我來說，妳是。」

方圓這回眞不知怎麼回應，只好提議：「你爲什麼不問你的貓？牠們都不是善男信女。」

「對呀！怎麼我沒想到？」他招幾隻最聰明的貓過來。

牠們馬上給他三個不同的答案。

「你怎麼會問我們？」「我們對除妖和物理學都不懂！」「你忘了我們是貓嗎？」

巫真和方圓去吃飯時，手上仍握著那本物理學經典。

他抓起桌上的筆，翻到目錄上，刪去了幾個章節。

「你幹嘛？」方圓好奇問。

「用刪去法。把感覺上和除妖無關的章節刪掉。」巫真信心滿滿道：「電磁輻射和除妖實在無關。不，也許我應該把天命劍無法理解的章節全部刪掉才對。它再聰明，也不可能理解量子力學是什麼。」

「很聰明耶！」方圓讚道。

「也不可能明白什麼叫波動。」巫真又刪去好幾個章節。

方圓看著巫真刪去一個又一個章節，去掉光學、代數、相對論，最後只剩下力學和熱力學。

「熱力學不難搞，但和字鬼感染人體應該無關，對不對？這樣說來，其實只剩下最簡單、連中學生也懂的牛頓力學三大定律。」

「你錯了，我從來沒懂過。」

「只是這劍怎麼可能懂費曼物理學？它比我還厲害！」

「我懷疑，你家裡每一本書都有靈，就在你拔出天命劍的那一刹那，劍已經和群書交談過，一本問一本，所以即使是在很短的時間，它就已經知道是怎麼一回事，也找出了答案。」

方圓說完後吐舌頭。

巫眞很有深意地點頭，「想不到原來妳比我還會掰。」

「你忘了我還是學生，每天都要寫作業嗎？鬼扯是我的看家本領呀！」方圓表現出最不像方圓的一面。

巫眞身子向後一靠，「妳的話不一定是鬼扯。」

「你居然相信？」方圓失笑。

「因爲是妳說的，而且很有道理。」巫眞嘆了口氣，「我只是不滿，既然它知道答案，爲什麼不直接把書打開告訴我是哪一頁？」

31

幾天來，巫眞手上的物理學經典已沾了不少食物油漬，但巫眞仍然無法洞悉破解字鬼的方法。

Google雖被稱爲大神，但它遠遠不是全知全能。

這天方圓來探巫眞時，一臉狼狽。

「剛才我騎車來時，感受到一個妖氣很強大的人在路上走，即使在另一條街也能感受到。我把車繞過去，結果發現來自一個頭髮很長遮住半邊臉的男人。」

方圓的語氣有點顫抖，巫眞沒有打岔，任由她說下去：「他渾身上下都被一股妖氣包圍，嗯，是字鬼的妖氣。應該說，是他自己身上散發的妖氣。很濃厚。照你的妖氣比例，你只有頭頂上一個字，他可能遍體都是密密麻麻的字。」

「這怎麼可能？」巫眞光想像那個模樣就感到雞皮疙瘩，「貝貝沒說過他臉上有字。」

「他可以把字藏在衣服底下，他穿長袖衣服。最最最可怕的是，當我經過時，他突然轉過頭來瞪著我！」方圓說時猶有餘悸。

「妳長得漂亮嘛。」巫眞趁亂誇她。

「我戴著安全帽。如果他能看到，就更可怕了。要不是我騎著機車，說不定他會追上來。」

巫眞驚道：「那妳還來我這裡？妳會引他過來呀！」

「除了來這裡，我想不到有什麼地方是安全的。」方圓還以白眼，「你是男人嗎？竟然說這種話！」

巫眞聽了不禁既羞又愧，「我現在什麼異能也沒有，別說保護妳，根本自身難保。」

「你有天命劍呀！」

「我的劍只能斬妖，不能殺人。怎麼一波未平，一波又起？」巫眞坐立不安，只好站起來，「那傢伙騙貝貝，其實他根本沒離開台南，但他可能知道除去字鬼的方法。」

「你想去直接問他？」

「開什麼玩笑？去找他的話，恐怕他會把更多字鬼附到我身上吧。」

「你要不要先給自己添上四條龍？」

「妳開玩笑吧！」

巫眞見方圓認眞無比也不容質疑的表情，只好捲起衣袖，凝視方圓執起自己的手臂，用筆細心地寫上一條又一條的龍。

她寫好了一個「龍」字後，停了一下，「如果這樣就能防字鬼附體，是不是太兒戲了點？」

「妳看老闆還不是一樣，或者，他也被騙了？」

「眞是天曉得！」方圓繼續把龍字一筆一畫寫下，沒有停手，「你就當先買個心安，再盡快想辦法除去身上的字鬼。我們也要盡快找到那個男人，先發制人。」

32

男人感到一股強大的氣場向自己逼來。

自行走江湖以來，他不知感應到多少個帶有氣場的人，多數都是很微弱的氣場，例如比常人多一點直覺，打麻將時容易摸到好牌也容易賺得小錢，但始終不成氣候。

可是當下感應到的氣場很不一樣。這個強人得多，像有數十年功力，不知是哪個江湖名宿？

他本就知道府城之地臥虎藏龍，像那個叫陳劍的鑄劍師就隱居在郊區，幾乎不入市區。他們一個鑄劍，一個練字，一個走陽關路，一個行獨木橋，各不相干，得以和平相處。又像那個守墓人，他連那人名字也不知道，但知道絕不是等閒人物。同樣道理，一個看守墓園，一個看書，同樣河水不犯井水。

他一向不喜歡讓別人知道自己和常人的不同，否則會像靶上紅心般等箭射過來，太危險了。可惜他早前病倒，身體還在適應期，無法把妖氣隱藏起來。

等等，冷靜一下。

如果是高手的話，一定會把氣場隱藏下來，而不是如此外揚，就像真正的鉅富，絕不會像暴發戶般在大街上發動歐洲名牌跑車的引擎，大剌剌告訴人家自己有貲財，邀請賊人向自己下手。

那個氣場向自己逼近。他想找根柱子躲起來好一窺究竟，可是這一段大街上全是新的大樓，外面沒有柱子，也沒有機車停靠，光禿禿地無遮無掩，教他無所遁形。他下回要挑安全得多的路來走。

那道氣場向自己逼近，速度很快。這表示那人不是用走的，而是在車上。

他裝作若無其事地繼續往前走，同時斜望向馬路。

氣場來自一輛紅色的機車。

對方顯然也發現了他，所以車慢了下來。那雙隱藏在安全帽裡的眼睛也在注視他。

既然曝光了，他也不用偷偷摸摸裝作不知情，也用力回望，希望能瞧清楚對方。

出乎意料之外，機車騎士不是男人，而是一個女生。觀其打扮和纖瘦的身材，好像還滿年輕的，應該不出三十歲。

這年輕女生，怎可能擁有如此巨大的氣場？是天生的，還是別的？有沒有同黨？

她看了他一眼後，便揚長而去，沒有停下來。

幸好她離開了。

他目前仍處於無法戰鬥的狀態，要再等幾天才回復正常。要先找個地方好好躲起來，不能再隨便走動。

其後，他應該把這個女生揪出來。雖說道不同不相爲謀，但她看來弱不禁風，也許還不懂得怎麼駕馭龐大的氣場。

要是把字鬼附到她身上，再用五鬼搬運法把她的氣轉到自己身上，可以省下至少三年修練時間。

他感應到她的氣場愈來愈小，離自己愈來愈遠，也許，那個方向就是她的老巢，或者她常去的地方。

他本來打算在附近找家旅館投宿，但爲免對方上門來找自己，便鑽上了剛到站的公車，去到台南另一邊的永康區，找了一家叫「行之宮」的民宿投宿。

民宿主人是個四十來歲的女人，姓李，和一個在青春期年紀不上不下的女兒同居。另外還有兩個年輕的女性房客。男人沒怎麼仔細研究她們。他只對不尋常的人感興趣，也不會向同居的人下手：要是她們中了字鬼而出現變化，自己早晚也會受害，不管是直接或間接，所謂「連鎖效應」也。

四名女性第一眼看到他模樣時，眼睛都睜得老大，難掩吃驚之色。李太太很快就強作鎮定，特別是一下子收到五天的住宿費後更大大放心，帶他在民宿裡走，順便講解家規。

「客廳的燈不用關，不過，大門一定要關好。最近的治安不太好。因為有女客人住，請你在自己房間外面不要打赤膊。離開前請關掉房間裡的冷氣，幫忙省電。還有，廁所的門鎖不太好，你關門時要特別用力……這些你都明白嗎？」

男人點頭，「妳們可以替我買便當嗎？就樓下那家或者便利商店的都可以。」

李太太的臉色看來不怎麼好看，男人掏出一張五百塊的鈔票，夾在食指和中指間，「零錢妳可以留下來。」

她笑逐顏開，打了眼色後，李小妹妹把錢接過，表示接下任務成為他的跑腿。

男人瞄到兩個女房客雖然已不再怕自己，但仍竊竊私語，便又道：「放心，我不是通緝犯，只是身體不舒服，接下來幾天不能出門。不信的話，妳們可以查警方的通緝犯名單。我也希望自己身價值幾百萬。」

33

「如果你們會認字就好了，我可以讓你們發動群眾的力量去幫我看書。」巫眞以半臥的姿勢在沙發上對群貓說。

「我輩貓族才不要認字，」灰貓臥龍在一眾貓裡智力超群，「人類並沒有因爲識字而變得快樂！」

「而且聽方圓小姐說，即使識字，也不代表理解這本書裡的意思。」

鳳雛附和道，不像有些貓稱方圓作婆娘、怪咖、女巫等，牠對方圓可恭敬客氣得很。

兩貓都很老，早已不問世事。雖然行動緩慢，感官也衰退了很多，但頭腦仍然很清醒。群貓都對牠們頂禮膜拜，要是巫眞獎賞牠們什麼好吃的食物，會有專貓把食物啣到牠們跟前。

雖然只是貓，巫眞在嘴頭上也不一定能拗得過牠們。

他用盡想像力也無法參透牛頓力學三大定律和對付字鬼有什麼關聯。恐怕連諾貝爾獎得主，甚至乎牛頓本人也參不透答案。

第一定律：存在某些參考系，在其中，不受外力的物體都保持靜止或等速直線運動。

第二定律：施加於物體的淨外力等於此物體的質量與加速度的乘積。

第三定律：當兩個物體互相作用時，彼此施加於對方的力，其大小相等、方向相反。

這些定律和字鬼有什麼關係？

也許，他不應該執著於牛頓力學。天命劍懂個鬼牛頓，它只是想告訴自己要注意「力」這回事。

是不是它們只夠力上自己身體，而那些紙片卻不夠力把它們打下來？

宇宙裡有四種力：重力、電磁力、強核力和弱核力。包括愛因斯坦在內的物理學家試圖把這四種力統一起來解釋，但這個「統一場論」至今仍然未竟其功。

字鬼是靠哪一種力攀上自己的身體？

或者，宇宙還有第五種力，叫妖力？

難道自己比物理學家更聰明？

上次把那個有「舌」字的便利貼貼在頭上的方法顯然不可行。中文字是象形文字，有自己的內部邏輯。他再寫一次「舌」字在便利貼上，然後貼在舌頭上，希望可以把字鬼勾出來。

34

「你們有沒有見過一個有妖氣的人？」

「什麼叫妖氣？」

「就是很奇怪的氣場。」

「什麼叫氣場？」

「那你們最近有沒有見過奇怪的人？」

「其實所有人都很奇怪。」

對蠢人需要耐性，對蠢貓也一樣。

拿破崙是頭貓不驚人的灰貓，卻是群貓裡的智將，有這名字是因爲牠和其他貓不一樣，仍然保留了野貓的作戰本領。不是一對一滾在地上玩的那種，而是以一敵十還能把敵人打到落花流水。

群貓昨夜開了大會，顯然巫眞和方圓都不適宜主動去找那個和字鬼有關的男人，以免暴露身分，找人的任務就責無旁貸落在牠們身上。

可是，憑氣找人，比憑其他特徵複雜得多，只好讓牠和幾個先鋒部隊出馬，親自向台南各個角頭的貓說明狀況。是的，不只艋舺，也不只人類，台南的貓也有角頭。每個角頭都有大仔。比人類好辦和簡單得多的地方在於，貓族沒有外省和本省之分，大家都是台灣貓。

即使拿破崙很聰明也不會迷路，但也無法走遍整個台南，所以牠和其他七隻貓分別前往不同的地區，向每個角頭的貓發出口頭上的尋人啓事。

「這幾天有沒有奇奇怪怪的陌生人出入？」

「這裡是民宿區，有陌生人出出入入一點也不奇怪！」三毛貓火箭沒好氣地答。

很多人以爲貓很慵懶，只會眯起眼來看世界，不像狗般有很高的警覺性留意環境裡的一切變化。其實貓只是看似遊雲野鶴的大醉俠，表面漫不經心，實則把所在範圍內的渾人、蠢狗、笨鳥等的一舉一動全看在眼裡。

「所以我才指明是奇奇怪怪的人＝」拿破崙解釋，即使同是貓族，牠也不得不承認有些同類特別桀驁不馴。

火箭是這個角頭的大仔，麾下有三十多隻貓爲其賣命，最近更爲了和相鄰的角頭爭地盤而打鬥，晚上時吵得不得了。不知情的人只道是母貓叫春、公貓爭風吃醋，殊不知其實是貓界的風雲色變，準備改朝換代。

「沒見過什麼奇奇怪怪的人，你去其他地方問。」火箭下逐客令。

拿破崙很少到離家這麼遠的地方，現在此地是山高皇帝遠，即使黑白無常到來，恐怕也要拜碼頭以保平安。

所謂「物離鄉貴，貓離家賤」，就是這個道理。

幸好夜色已深，狗族都已睡大覺作狗大爺的夢，路上的車也少得多，牠可以安心地在街上走動，往下一個角頭前進。

巫眞說過牠們屬於貓科動物，有些體形龐大，甚至比人還要大，是地上戰鬥力最強大的動物。有些笨貓於是拚命吃，希望也能變得那麼大隻，好嚇唬惡狗。拿破崙只是很渴望見一見大貓。

35

巫眞抱著那本物理學鉅著好幾大，仍然沒有什麼頭緒。

有時他會希望抱著的不是書，而是方圓，甚至想開口向她說，但始終沒這膽量，怕她不知會用什麼眼光來看自己。其實，他只是純粹想抱著她，別無其他，就像抱著家裡的貓一樣。

早上九點，和煦的陽光從窗外射進屋裡。他希望能像懶洋洋的貓般繼續大睡，但「牛頓力學」這四個字從現實進入夢境再返回現實，一直在他腦海驅之不散。

他去早餐店時，聽到老闆娘講著電話：「什麼蟲字？花叢的『叢』，這字好難寫。」又問別人：「怎寫？」

其實這叢字也不是很難寫吧！不過，不見得所有人都這樣認爲。

一個男店員建議道：「就寫昆蟲的『蟲』吧！反正發音一樣！」

巫眞在紙上寫下「叢」字，遞給老闆娘。她連連點頭，「對，是這樣寫沒錯。筆畫太多好難寫。少年仔謝謝你唷！」

「沒事。」他返回座位繼續吃早餐，心血來潮寫下自己的名字：

巫眞

又寫下她的名字：

方圓

兩人的名字剛好都是兩個字，而且有趣的是，兩人的姓，筆畫都算少。「巫」字只有七畫，「方」字更少，只有四畫。

至於名字，「眞」字有十畫，「圓」字有十三畫。

他不相信姓名筆畫可知一個人一輩子吉凶這回事，否則大家以後改名字只要從同一組裡挑出來就行了。

方圓方圓方圓……

他實在不好意思在紙上把她的名字抄上十遍百遍。這是現在連國中生也不做的事。

他倒想起頭頂上那個字，寫在紙上：

言

又再寫下早前便利貼上的字：

舌

兩個字的筆畫都很少，「言」字只有七畫，和「巫」字一樣，「舌」字更少，只有六畫。

六畫對七畫？

筆畫？

六畫當然少過七畫，這還眞廢話！

不過，他想到的是另一回事。

如果借用牛頓力學來解釋的話，一個字的力量，說不定和其筆畫有關。「舌」字才六畫，當然比不過有七畫的「巫」字和「言」字。

如果「言」字和「巫」字結合起來變成「誣」字，區區只有六畫的「舌」字，有什麼本領把這個「誣」字拆開，最起碼應該要個七加七總共十四畫的字才夠力！

也許，他的方法沒有錯，只是用錯字。

他以前所未有的高速吃完早餐後，幾乎是連奔帶跑地返家。

翻開字典，「言」字旁，最後一個字。

讜

這字解作「直言」。

「黨」字有二十畫，似乎強而有力。

他抓了張便利貼，寫下「黨」字。

有生以來，他第一次發現黨的強大力量，也第一次開始愛黨！

36

「又是花雕雞麵？」

男人的視線從李小妹妹給他買回來的午餐抬起來。他好想罵髒話，最髒那種，但畢竟有求於人，只好忍著。

也許自己一開始的策略是錯的。

拿出五百塊叫人去買食物，剩下的當作小費。你又沒指明要買什麼，人家當然會盡力買最廉價的食物。

他以爲李小妹妹是一步步慢慢來，從鹽酥雞變魯肉飯，再變成大腸麵線，循「價」漸降，最後才淪爲便利商店裡的食物。萬萬想不到李小妹妹非常狠，一開始給他買的就是「大補帖」。

這一定是她媽教的。眞是他媽的。那個李太太看來非常刻薄。

雖然他足不出戶，但仍然很清楚附近有什麼店家。

他登上google地球，這家全球化的網路公司除了製作衛星圖和地圖，也用街景車把很多大都市的道路拍下來，和地圖結合。用戶即使在家裡，只要連上網路，大街上的風景盡入眼底。

因此他很了解附近的街道生態。

他身上的妖氣會讓自己曝光，所以挑了這家位於一條小巷盡頭的民宿。即使要憑氣找人，除非特地拐進這條巷，又要處於三樓的高度，否則在地面走很難發現他。

他把筆電拿到客廳，示意小妹妹到兩條巷子外的小吃店買鹽酥雞腿飯，而且要雙份。他餓到快要暈倒了。身爲一個有妖氣的人，他寧願中妖毒或者什麼其他方式死去，而不是在家裡餓死。

他的胃口一向很大，特別是在休養時期，更須要進食米飯。

他估計自己最遲兩天後就能完全康復，到時就不會再怕人家來找他麻煩，他反而可以主動出擊，直搗他們的老巢。

37

晚上的車雖然很少，但往往飆得很快。拿破崙不想成爲輪下亡貓，更不想被在半夜活動的虐貓黨活捉，所以決定盡量少走馬路，多走房子的二樓甚至三樓，遠離地面的世界。

牠一向喜歡在這個高度看世界。人類是不得已才走平地，所以看到的視野是低的，只能看到人來人往、人車爭路的世界。

而在樓上走的話，看到的就是腳底下的人類。

不錯，這個城市是人類建立的。他們建立了強大的文明，蓋了高得不得了的大廈，但大部分人都不快樂，只是營營役役地生活。

反過來，一無所有的貓反而活得更快樂，不用被一個個制度控制自己的生活，囚禁自己的靈魂。一夫一妻？開什麼玩笑？來個小三就家宅不寧！公貓可以有小四小五小六，而且沒有爭風吃醋。不，不是沒有，只是母貓一樣可以有小四小五小六。

話說回來，找了一天一夜，仍然沒有那人的消息。這只有兩個可能，一是那人離開了台南，二是那人仍然留在台南，但躲在極其隱蔽的地方。

如果是躲在火車站旁的那幾家大飯店，當然找不到。可是巫眞說不會，在飯店那種封閉的空間裡，空氣流動得很慢，會使身上有氣的人難以適應，所以，他家的大門才永遠都開著。

拿破崙覺得，要是那人離開了台南，也就一了百了，大概也不會回頭去找巫眞麻煩。

沿著圍牆走沒多少步，牠覺得空氣裡頭有點異樣，不是味道，而是氣場，就像巫眞和方圓小姐身上那種。

那個氣場很微弱，像一轉頭就可能不見。果然，牠往前走了幾步後，氣場就沒有了。牠返身回到剛才的位置，才感到那個氣場的氣息。微弱得不知來自什麼方向。

牠花了點時間才搞清楚氣場來自牠的右方，可是牠無法走過去。現在牠只能朝前或者往後走。要往右走的話，就要跳到地面上。

牠跳了下去，果然一如所料，那氣場又不見了。如果從牠推測的方向往前走，要經過一條很寬闊的馬路，對面的房子是新蓋的，圍欄很高，牠無法跳上去。牠隱隱覺得這氣場來自一個很高的位置。牠可能要花很長的時間才能找到來源，也有可能不是來自牠要找的哪個人。在台南，有氣場的人並不只巫眞和方圓小姐兩人。

牠發動四足狂奔，匆匆過了這條對貓來說簡直如大草原般危機四伏、隨時有車衝出來的馬路，去到另一邊。

那妖氣仍然無影無蹤，但沒有眞正消失，可能被其他大樓擋掉，或者那人在移動，總之應該在附近沒錯。

夜色很深，反正貓是夜行動物。牠在附近繼續搜索，一定可以把目標找出來。

38

男人吃完鹽酥雞腿後，倚在窗邊憑窗遠眺。雖然他找到客宿寄身，但無法出門，變相和坐牢沒兩樣，要靠沒有良心的民宿母女買糧食給自己。如果不說明的話，她們只會提供比監獄更差的伙食。

也許，他可以趁深夜時到外頭走走，透一透自由的氣息。

凌晨一點多時，他換了衣服，去街口的便利商店放風。

「歡迎光臨！」店員是個大學生模樣的眼鏡男生，很斯文的樣子。

男人走去雜誌架，看看一眾雜誌的封面，接下來把目光轉移到小說，最後又轉到食物上。他不是宅男或宅叔，已經受夠了在民宿裡過禁閉營般的生活。趁這機會，應該多買點食物回去，以免那對惡毒的母女又中飽私囊，買最便宜而且快過期的食物給自己。

他把食物塞進滿滿的背包後，心滿意足離開。

店外有隻黑貓在注視他，像討食物的樣子。他當然不管，只是沒想到貓一直跟在背後。他回過頭來時，那貓才像受驚般停步，仰起頭，一雙眼睛不懷好意地緊盯著他。

這貓全身灰黑，仿如忍者般，唯獨手腳留白，就是所謂「四蹄踏雪」。頸上有個藍色的項圈。有人養的。

他繼續往前走時，那貓雖已沒有緊貼在他身後十步範圍內亦步亦趨，但也遠遠追隨在自己後面，像一隻在草原上監視獵物的黑豹，只要自己倒下來，牠就會以高速撲過來並在他咽喉咬下一口。

他進入民宿公寓後，從容登上三樓，回到自己的小房間裡。

那貓大概感覺到自己身上的妖氣，所以才死纏爛打，至死方休。

他卸下背包裡的食物，在冷藏食物上寫下自己名字後塞進冰箱裡，其他的就放在房間的桌上。

他脫了上衣，打赤膊坐在窗邊的檯上，好好欣賞夜色。這夜的月亮可渾圓得很，等到他身體完全康復後，就會感受到月圓強化體質的巨大影響力。

在這位置無法看到便利商店，但可看見離開便利商店的人。即使快凌晨兩點，街上仍有疏落的人，走向街上唯一仍營業的店家。他無法想像沒有便利商店的世界，會是何等寂寥！

他的焦點漫無目的飄流時，竟赫然見到剛才的黑貓。那畜牲不是站在街上，而是站在他對面房子的露台上。不錯，貓喜歡在奇奇怪怪的地方走，但爬到這個奇怪的高度，一雙發亮的眼珠還居然瞪著自己，教他不禁感到背後發毛。

39

剛才拿破崙在橫街窄巷走時，無意間又抓回那個氣場的一點氣息。

這時牠是在地面，可以沿著來源走過去。那氣場的感覺愈來愈強烈，最後足以讓牠鎖定一個明確的方向。

牠怕那人會走掉或者隱藏氣場，便加緊腳步追上去。

如今牠已身處這氣場包圍的環境，目標人物就在眼前，外貌和方圓小姐描述的完全一樣。半張臉被頭髮遮去，很不尋常。氣場則跟巫眞和方圓小姐的很不一樣，有點混濁的感覺，像嗅到從河水飄來的氣味，有一股腥味。

牠在店外注視他的一舉一動，只見他像很有好奇心地到處摸到處看，行爲就像狗去到陌生的地方探險般。

他在便利商店裡逗留了很久，最後塞了一大堆東西進背包後才離開。他眼光敏銳，很快就發現在店外監視他的自己，並回過頭來看。

男人走進死巷的一個房子裡，關上鐵門後就把自己隔絕在外，但他的氣場無法隔絕掉，也無法消失。

牠很快就感應到他的氣場離自己愈來愈遠，往上移動。

三樓一個房間的燈亮了起來。想來就是那人藏身的位置。

在那麼高的位置，要是牠只在外頭的大街上走，確是難以察覺這氣場的存在，即使有，也只是若隱若現。只有位於這條死巷盡頭，才能探到氣息的方向。

這人眞是處心積慮，找了一個很隱蔽的地方藏匿，但無阻牠調查的決心。

幸好是貓，有時做這種蒐集情報的工作比人類更佔優勢。

牠仔細打量附近的環境後，小心翼翼由地面跳到車頂，趁機竄上一座房子的二樓，再走到另一座的二樓，最後像雜技般爬上三樓。

多感謝上天賜下一身灰黑的毛，好讓自己可以和黑暗合爲一體。

在這個位置可以遠望一巷之隔的房間裡的動靜。

男人脫了上衣在房間裡走動。

幸好天熱才讓牠可以知道男人的祕密。這果然就是牠要找的男人。

他的上身畫了幾個大大小小的圖案，有些像風景，有些像動物，卻教牠參不透。

換了是巫眞來看的話，就知道是畫什麼，不，寫什麼。

中文字是象形文字，只有人類才看得懂。

男人的目光本來只在街上，此時突然沒來由地轉向自己這邊來。

四眼交投，沒有眉目傳情，而是充滿敵意。

拿破崙不必假裝剛好經過所以要跟他打招呼，打或者不打已經一點也不重要。既然已找到目標，就是盡快回報。

牠花了點工夫才回到地面。

男人沒有追出來，就算追出來，牠自問也有辦法甩掉他。只要不是吃得太飽走不動或者被圍捕，貓要逃掉狗或人的追捕實在太容易了。

牠要好好牢記這地點，可恨貓和狗比起來天生就不擅記憶，也對陌生空間難以適應。牠找不到附近可供牠辨認的地標，相信三天後就會把這裡和其他相似小巷混淆。

幸好，碰巧有隻虎斑貓經過，看來是這個社區的居民。

「請問這裡是什麼地方？」拿破崙很有禮貌問。

這虎斑貓胖得出奇，肚子大得像懷孕的樣子，卻是公的。

「這裡嗎？這裡就是我家附近呀！」虎斑貓答。

看來只是隻家貓，不，宅貓，完全不了解江湖上的狀況。

拿破崙覺得該找附近角頭的貓來一問，否則問了也是白問。走不了多遠，牠聽到有貓吵架的聲音，吵到拆天，看來像是角頭爭地盤。這也好，牠們對這社區一定較有歸屬感。

牠走過去，果然見到大概十隻貓在打鬥，戰況激烈，但各貓的動作都已經放慢，看來自己已錯過最精彩的場面。不打緊，牠也沒有勸架的打算，過問人家的江湖事只是蹚渾水。只要牠們可以報上這個社區的名稱就可以了。

「不好意思，各位大哥，請問這裡是什麼地方？」拿破崙很有禮貌地問。

那群貓同時停下動作，眼珠全部朝自己望過來。

「你是什麼貓？問來幹嘛？」有隻灰貓問。

「我路過的。」拿破崙沒有說實話，以免節外生枝。

「路過就快走，別留在這裡。」灰貓又答。

「你想來插手我們的地盤嗎？」一隻黃毛貓問。

「不，當然不是。」

拿破崙的腳步往後退。這兩群貓目前打得難分高下，正在找台階下。牠可不想被利用，可惜自己已慢了一步。

「白雲大仔，這隻外來貓來意不善，我建議我們先攘外，後安內，你意下如何？」黃毛貓問灰貓。

「疾風大仔，我也有此意。」灰貓身子向拿破崙所在的方向挪過來，兩批貓同仇敵愾。

拿破崙不打算解釋，馬上拔腿就走。換了在平日，這十隻貓合力也未必是自己的對手，但當下自己用了太多體力，不在最佳狀態，頂多只能以一敵五。

十隻貓四十隻腳的跑步聲在牠耳邊響起，幸好自己沒參與打鬥，所以力氣得以保留，很快就把牠們拋離得好遠好遠。

可惜牠始終貓生路不熟，竟又竄進一條死巷裡，回過頭來，慶幸追兵還沒趕上。

唯一的逃生之路是旁邊的公園，沒想到牠的前腳剛踏進去，就發現原來敵人已埋伏好，分站在公園的不同方位，而牠正送自己進入牠們設下的包圍網裡。

兩個大仔率領各自的部下步步逼近，而拿破崙剛才沒命地狂奔，體力已消耗了不少。要是牠們一個個來打車輪戰的話，牠也許可以打倒開頭兩三個，但接下來就肯定被分屍。

牠身邊只有一棵樹，抬頭一看，這樹還長得頗高，要是爬上去，可以在樹枝之間走動。幾隻長得稍胖的貓肯定爬不上。

牠這一望，灰貓白雲已知道牠打什麼算盤，朗聲道：「別讓這廝爬上去，快快把牠拿下！」

幾個手下聽了，馬上衝前撲去。黃毛貓疾風倒是按兵不動。

拿破崙此時已沒有其他退路，便伸出爪子，抓緊樹幹，三步併作兩步很快就爬到二樓的高度，往下一望，白雲兩個手下也爬了上來，速度奇快，離自己僅數步之遙。

疾風此時終於指揮手下在外圍布防，像等待自己掉下來時衝前撲殺的陣式。

拿破崙再望頂上的樹枝，竟然比自己在底下看時來得細瘦，估計無法承受自己的重量。

牠往前動不得，又無法後退，正思索有什麼法子時，不料樹身竟兀自搖晃起來。原來樹底的幾隻貓在用力搖動樹幹，讓在高處的拿破崙像要搖搖欲墜。

拿破崙爪短，自問頂不了多時，倒是兩隻爬上來的貓用力把爪刺進樹幹裡，等抓穩後，再舉步往前，向自己愈逼愈近。

拿破崙貓望高處，想再往上爬，無奈怎麼再揮動貓爪，也始終無法刺進樹幹裡。

40

「下來受死吧！」白雲叫喊，只見那廝終於從樹幹上掉下來，可是經過在牠下面爬樹的太子時，竟用尾巴捲起太子的頭，把太子一併扯下來。疾風的手下走避不及，就被兩貓正好壓著。

白雲只聽到兩隻貓落地的聲響，沒看清楚傷亡情況，但那廝從貓堆中站起來後，發足狠勁向自己撲來，氣勢甚猛。白雲沒料到會突然有此劇變，根本來不及應對，連舉足相擋也不敢，只能把身子蜷起來。

拿破崙無意和白雲糾纏，免得夜長夢多，經過白雲時在牠身上重重踏踩，順便借力跳遠，很快便逃了出去。

白雲白白受了那廝一腿，聽到牠的腳步聲遠去後，才敢把頭伸出來。自問從沒見過一隻如此勇猛的貓。要不是和疾風牠們加起來貓多勢眾，不然也無法嚇走牠。

部下並沒有追過來，也沒有上前慰問，仍然在樹底下圍成一團，白雲覺得太不尋常，便走過去探望。

太子和疾風的一個部下倒在地上，沒有動靜。

「都斷了氣。」疾風道，「眞是狠角色！」

「牠若不是走慢一步，我們早把牠分屍！」白雲的手下怒道。

「白雲大仔，今晚我們暫且停戰，」疾風語帶哽咽：「先好好讓牠們入土爲安。你覺得怎樣？」

「我也有此意。」白雲凝視這個對手，如今牠才是自己的麻吉。「在把那廝碎屍萬段前，我們絕能不能開打。」

「好，一言爲定。」疾風伸出前腳，和白雲敲掌爲誓。

41

「由妳揭曉吧！」巫眞坐在沙發上，抬起頭對站著的方圓說。

爲免睡覺時意外把便利貼扯下來，他戴了方圓相贈的扁帽——算來這是方圓送他的第一件禮物，他覺得是訂情信物，所以以後就算沒事也會多戴，順便用行動告訴對方，自己有多重視她。

「那我就不客氣了。」方圓吃吃笑，很快把帽子脫掉。

她的目光刻意避開便利貼上的字，右手很快把便利貼摘下，藏於掌心。

「怎樣？」他緊張兮兮地問。

「我也不知道。」她用很認眞的語氣道。

「不知道？」他變得神經緊張，「什麼意思？」

「我還沒看到結果。」她坐在他旁邊，「不如我們一起看？」

「也好。」他連連點頭。他和她認識的日子並不長，要多創造美好的回憶。

她把便利貼藏在一雙手掌裡，像慢動作般慢慢打開。

兩人屏息靜氣，目光同時聚焦在那張逐漸見光的便利貼上。

「嘩！」兩人幾乎同時大叫。方圓很快又把手掌闔上。

「妳嘩什麼？」他問。

她沒答，只是反問：「那你又嘩什麼？」

這次換他沒答。兩人互相對視了好幾秒後，臉上同時流露笑意。

她再次把手掌放開，這次不再用慢動作。

「黨」字旁邊，有個歪歪曲曲的「言」字！

「讓我看看你頭頂。」她很是興奮。

他彎下頭，心頭怦怦亂跳。

「怎會還在？」她問。

「還在？怎麼可能？」他帶著疑惑抬起頭來時，只見她神色凝重地注視自己，但很快就化爲笑意。

「騙你的！你頭上現在什麼字也沒有了！」她笑如勾月。

他高興得從沙發跳起來抱住她，方圓也一樣，不自覺地摟著他。他都很清楚這擁抱不只是高興，還表示兩顆心連在一起。

42

趁方圓去買果汁時，巫眞打電話給遠在台北的夜神月。電話響了很久才接聽。
「你怎樣了？」巫眞劈頭就問。
「我在長庚。」夜神月的聲音好遙遠。
「去長庚幹嘛？有好玩的嗎？」
「我在長庚醫院。」
巫眞馬上認眞起來，「你沒事吧？」
「就是不知道什麼事，才被醫生抓進來。目前我身上吊著好幾種你在電視上看到的玩意，我覺得他們想要把我五馬分屍。你會叫人來救我嗎？」
「叫誰？」
「叫方圓上來。美人救英雄。」
「你想得美了。」巫眞對夜神月在這狀況下仍然在想女生的堅持深感佩服。
「那你清明時來拜我吧！」

「你想以死要脅嗎？太早了。」巫眞換了別的語氣，「你快找一張紙過來，寫一個『囊』字，『膠囊旅館』的『囊』字，明白嗎？」

「明白。寫來幹嘛？」

「一言難盡，總之聽我說就是。」

「好，等一下……這字怎麼寫？」

「你不會在手機上用注音輸入法嗎？」這字鬼好像把他變笨了。

過了一陣，他說：「我寫好了。」

「把這紙按在你頭皮上。」

「按在頭皮上？」

「對，就是要把你頭上的字吸過去，所以，你要把它當成像膠布般貼在頭上，如果有膠帶更好。」

「可是怎麼能把字吸上去？我頭上的字可是洗了好久也洗不掉。」

巫眞懶得解釋，「你要不要賭這一把？」

方圓手持雙份飲料回家時，巫眞剛掛斷電話。

「怎樣了？」她問。

「比我想像中順利。原來那些字只要幾分鐘時間就可以脫下來！」巫眞道。

「這麼快？」她有點難以置信，「可是他怎麼知道？他不像有這麼聰明。」

「他對著鏡子，所以看到字跑到字條上。」

「不管怎麼說，也算値得高興。」她又補充說：「我是指除妖這件事！」

「我還有一點擔心。」

「什麼？」

「我派出去找那個長髮男的貓，還有一隻沒有回來。」

43

拿破崙最可怕的惡夢終於成眞了。牠不知道自己身處何方。

即使自己很聰明，但始終有限制，不只聽不懂人話，認路能力也比不上牠們貓族瞧不起的狗，即使牠們不願意承認這一點。

牠問過很多貓，包括這一帶角頭的貓，大家對這地點都有不同的叫法，有的叫廟口，有的叫大樹，有的叫公園，這種名稱暴露出貓族各自為政的結果：沒有一個名稱能提供半點參考價值。

街上有很多路牌，寫的是人類的象形文字，沒一個字牠看得懂。

牠怕白天遇到狗遇到車，所以晝伏夜行，目前只能憑依稀的星光去判斷方向。那時臥龍是怎麼發動全台南大搜查的？牠怎麼擺平各個角頭的？本領還眞厲害！

牠愈來愈擔心會遇到不測，怕會遇到野狗、虐貓的街童，或者那個男人會來狙擊自己。

牠想起巫眞和方圓小姐看過一部叫《蜘蛛人》的電影，裡面提到一句話叫「能力愈大，責任愈大」，兩人好像還爲此討論了好久。想不到這句話不只對人有效，對貓也很適用。

要是自己只是一隻普通的貓，沒有過貓本領，現在應該就在家裡睡大覺，而不是冒生命危險爲巫眞奔走，隨時會蒙難。

44

早上十點半，方圓就來到巷口，卻不見坐鎮的黑白無常，甚至連巷裡的貓也少了一大半。

能找到的，不是老貓，就是幼貓跟母貓。

臥龍和鳳雛仍留守在大本營。她是在一個星期前才好好認識這兩隻老貓。牠們對自己除了打招呼外，沒有其他表示。她無所謂，反正她也不期待牠們會和自己分享貓糧。

巫眞的貓已愈來愈和自己友好。她可以辨認出其中二十多隻貓，並叫出牠們的名字，像黑白無常、臥龍鳳雛兩大智者、拿破崙亞歷山大成吉思汗三大戰將等。其他的四大天王和十八羅漢等，她還要花時間去認識。誰會想到巷裡這群貓組成了一個像武俠小說般的江湖？

巫眞正臥坐在沙發上看書。經她提點後，他現在已經不會打赤膊在家裡活動。她警告過，衣冠不整的話，就休想她來探望他。

那時他雙眼透露不滿，她知道他心裡覺得她好兇，但還是乖乖聽話。錯不了的，男生就是要管教，不然只會愈來愈失控，今天打赤膊，明天會不會赤條條在家裡到處走？

他發現她來到時，馬上把書闔上，「我還以爲是那些人來找麻煩！」

「什麼人？」方圓一時想不起來。

「就是『幼』齒、『泣』男和『哈』女。」他哈哈大笑，連她也受感染而笑起來。

他又道：「我昨天打電話告訴他們怎樣除去字鬼，現在他們應該在慶祝回復自由吧！」

「你打去問不就知道結果了。」

「算了，我不想人家以爲我打去是要討報酬。」

方圓點頭，南部的人很熱情好客，請吃大餐是家常便飯，「你的拿破崙回家了沒有？」

「還沒有。」巫貞的笑容馬上消失，「牠應該在很遠的地方，相鄰的幾個社區牠不可能不認得路。剛才那些貓吃了早餐後便出動，翻遍整個府城都要把牠找出來。」

「難怪巷子裡的貓少了那麼多。」

「再找不到的話，我就要親自出馬，即使要冒被那男人發現的危險也在所不惜。」

就在這時，兩人聽到一陣聲音從巷口傳來，仿如千軍萬馬行進，吸引巫眞和方圓的注意。巫眞馬上就從沙發跳起跑到巷子。拿破崙在群貓簇擁下，浩浩蕩蕩地回來。

巫眞此時拋掉心中疑慮，上前抱起髒兮兮的拿破崙，親切地用貓語說：「你去了哪裡？想死我了。」

「此行實在凶險異常，我幾乎以為自己回不來。」拿破崙把幾天來的所見所聞娓娓道出，巫眞最後又不厭其煩把貓語轉成國語說給方圓聽。

「好，我們去找他！」方圓興奮地說。

「找他幹嘛？」巫眞放下拿破崙，「拿天命劍去斬他嗎？他可不是樹妖呀！字鬼已被我們破解了。故事已告一段落。」

方圓的臉容馬上變色，「別讓他再為禍人間呀！你什麼時候變得像公務員一樣只想按章工作？你還算是男人嗎？」

「妳聽我說。」他即使怒火中燒，但仍保持冷靜，示意她一起坐到沙發上，「我和妳有異能沒錯，但我們不會龜派氣功，上次對付得了樹妖算是走運，這個字鬼我們所知不多，能破解只是走運。」

「OK！OK，我現在知道你其實一點膽量也沒有，最大的本事就是和貓聊天，叫牠們替你冒險，等蒐集到情報就在家裡什麼也不做。」

嘴上不饒人的方圓又回來了。巫眞開始頭痛，無論怎樣都無法說服這個頑固的女生，他和她只不過是有異能的人，並不是超人。這幾年輪番上映的超級英雄電影還眞讓不少人以爲稍有本領的人都有拯救地球的義務，而沒有告訴大家什麼叫不自量力。

「你不去，我去！」她又擺出戰鬥的姿態。

「怎去？貓的記性很差，早就忘了地點。」他推辭說。

「你問牠？」

巫眞於是問拿破崙，「那你還記得怎麼去嗎？」

「只要你開車載我過去，應該可以記起來。」拿破崙的答案教巫眞很是擔心。幸好方圓聽不明白。

他告訴她：「牠忘了。」

「你騙我！牠明明說記得。」她瞪著他道。

他的「妳怎麼知道？」幾乎衝口而出，幸好最後改成：「我哪有？」但仍心裡一寒。她怎麼看穿的？

「你根本不會騙人。」她嘴角掀起狡猾的笑意。

他不知道她的話是真是假，是真的識穿了自己的謊言，或者只不過是打心理戰？很多男生都說，聰明又漂亮的女生很危險。其實聰明不打緊，但有時要懂得裝笨，而不是一直保持強勢，甚至恃強凌弱。

他低頭注視拿破崙，牠一臉無辜狀，說：「我只能幫你們找人。你們兩人之間有什麼恩恩怨怨，都別拖我下水！」

他再抬起頭來時，方圓皮笑肉不笑地問：「怎樣？你們商量好答案沒有？」

愛上方圓，肯定是自討苦吃。

他苦笑，「我們出發吧！」

「我勝利了！」她馬上站起來，笑逐顏開，「等你學會撒謊的本領，再來騙我吧。」

45

雖然出動了字鬼，但書店生意仍然沒預期中來得好，貝貝一邊看帳簿一邊發愁，當初的如意算盤沒想像中如此容易打響。

他本來以為那些人中了字鬼後會勤來書店，沒想到根本不是那麼一回事。他以為書店裡有妖怪一事公開後能吸引讀者，這沒錯，可是熱潮過後，看熱鬧的人散去，一切又打回原形。不，不是打回原形，而是比本來的情況還要慘：被字鬼感染的人陸續發作，忙於找解決辦法，不再來書店。

最近三天進書店裡的人，加起來不到十個，都是一些死忠讀者，似乎都沒有被字鬼感染，很不尋常。

貝貝知道字鬼感染的原理。這幾個人並非體質特別強，而是名字特別難寫。

龔錫。嚴鑑濤。竇鶴齡。萬漢燁。

他們父母像存心為難自己的孩子，故意取筆畫很多的名字。只要他們被老師罰抄自己的名字，就會開始討厭父母。

「老闆，好久不見了。」

一道聲音叫回貝貝的思緒。

貝貝正視那男人，才發現是──

「對……好久……不見了。」貝貝好不容易才說出話來，結結巴巴。

男人半邊臉上掛了笑意，一如第一次見面時般。貝貝不禁想起「人生若如初相見，何事秋風悲畫扇」。男人用頭髮遮著的胎記自然不容忽視。見識過字鬼的「威力」後，他對男人有更多的想法和恐懼。

男人環顧了店裡一圈，「你的生意還不錯吧。」

貝貝不知男人的話是諷刺還是客套，「你親眼看到啦！」

男人把手臂壓在櫃台上，壓低聲音問：「那書你怎麼不攤開來？」

「那書太邪門了。」貝貝身體傾前。

「非常時期，用非常手段。」男人吃力地說：「難道你想讓書店關門？」

「可是你看現在，書店可能變得更快關門。」

「哼！」男人冷笑了一聲，「客人如有不滿，我提供退貨服務。你可以把書退回給我。」

「你願意買回去？」

男人身子往後靠，「當然，照書背後的定價。」

貝貝稍一遲疑，「你在這裡等一下，我回家拿過來給你。」

「我以爲你把書放在店裡。」

貝貝從櫃台出來，「怎麼可能？自從這裡出了名以後，買書的人沒增加，但偷書賊卻多了。這年頭，大家都喜歡不勞而獲。但我又想，有人偷書來看，畢竟是好事。」

46

「有頭緒了嗎？」巫眞停下機車，問坐在後座籃子裡的拿破崙。

拿破崙舉頭四顧，「有點像，又有點不像。」

巫眞覺得眞是無所適從。

方圓坐在自己的機車上，拉起安全帽護片，「牠認不得路，但應該認得碰過的貓。」

巫眞去問拿破崙，牠也同意，「不過我現在半個也看不到。」

「牠們也是要晚上才活動吧。可是到了晚上，路可能更難認。」巫眞把話分別對拿破崙和方圓說。

「不如你放我在路上走走看，我去問問貓。」拿破崙說。

巫眞把牠從籃子取出來。拿破崙一著地，便很快奔走。

巫眞和方圓把機車停好，順便去買飲料。

兩人坐下。方圓喝了口珍奶，「你當初若是養狗，今天也許不會如此麻煩。」

「我懂的可是貓語呀！」巫眞不禁慨嘆，「其實貓比狗好得多。」

「有什麼好？」

「貓體形嬌小，好養。」

「這和男生喜歡嬌小的女生沒有兩樣，是大男人主義。」方圓一臉鄙視。

「不，貓只是嬌小，但絕不好欺。貓比狗聰明得多，像我家的門，我的貓全部都會打開。」

「怎麼開法？」

「就是跳起來，用爪向把手壓下門把，門就這樣打開來了。」

「只有拿破崙和黑白無常才曉得這把戲吧！」

「不，只要夠強壯的貓都做得到。不信的話，我叫牠們表演給妳看。」

「不用了，我相信你。你家的貓特別聰明，能貓所不能。」

「這只是妳的錯覺。所有貓都很聰明，但也有所限制，就像記憶力和方向感沒有狗那樣好。不過，貓科動物可以演化成獅子、老虎和豹等猛獸，而狗最厲害只能變成狼。」

方圓搖頭，「不，最厲害的是狐狸。狡猾比凶狠可怕得多。老狐狸即使把你吃掉，你不只不知道，也許還要讚他。」

又來了，又來了。別跟她爭論，否則就會萬劫不復。「別把話題扯開，我們只是討論寵物。」

「你家的並不是一般寵物，一點也不簡單，而且名字還超古怪的。黑白無常就算了，什麼臥龍鳳雛，還有拿破崙呀亞歷山大呀，哪有人給自家的貓取這種名字？又不是蒙古貓爲什麼叫成吉思汗？」

「這才夠獨特呀！爲什麼要取平凡的名字？所有黑貓都叫黑豹，黑白的就Panda，白的就叫小白……那多悶！哈日族把貓叫Neko，可是牠根本就是台灣貓。他們因爲無法和貓聊，所以不知道貓的感受。其實每一隻貓都心高氣傲，想要霸氣十足的名字。」

「所以你就用名將的名字，來滿足牠們的虛榮心？」

「不是虛榮心，而是當牠們知道自己名字背後的故事後，就會增加自信心，充滿戰意，連戰鬥力也會相對提升。」他用正經八百的口吻道。

「眞的假的？」

「拿破崙是我撿回來的，一開始既瘦小又體弱，身上的病一大堆，像是要隨時死掉。我以爲牠只能活兩、三個禮拜，於是叫群貓一起給牠打氣。我給牠取名拿破崙，而且告訴牠拿破崙橫掃千軍的故事，當然，最後的滑鐵盧之役我沒說。自此以後，牠的身體一天比一天強壯起來，而且非常好勇鬥狠，在外面會和比牠大隻的貓打架，有時會打得遍體鱗傷。我說：『你以爲你眞的這麼能打嗎？其實都是其他貓忍讓你，眞要出手的話，你必死無疑。』這時牠才有所覺悟，不再隨便打架。」

「這故事好不熟悉，只是主角換了貓。」她潑冷水說。

「妳不信嗎？」

「信。你編故事的本領沒那麼好。」她繼續潑冷水。

巫眞再度不知該如何回答。這個漂亮的女生大概只有像夜神月那種男生才能壓著，才能教她氣炸！

兩人無言以對了一陣後，只見拿破崙從小巷裡走出來，旁邊還有一隻三毛貓。兩貓交頭接耳了一陣後，拿破崙輕快地走過來。

「在不遠的地方，沿前面那條大街一直往前走就是了。」

巫眞望一眼方圓的飲料，裡面早已空空如也。

「走吧！我已迫不及待想和那人正式見面。」方圓站起來。

47

「對，是這裡了。我記得了，從這裡拐進去的巷子裡，最盡頭的房子。」

坐在機車後座的拿破崙自信滿滿道。

兩台機車一前一後繞進巷裡，果然是條死巷。拿破崙的記憶沒錯，那男人很會挑地方。

「三樓，我記得那個窗口的樣子。」拿破崙又道。

「奇怪，我感受不到他的氣場。」方圓提醒巫眞，「他可能出去了。」

「又或者，他現在可以把氣隱藏起來。」巫眞不安地說：「這表示他變強了。」

「變強了又怎樣？難道你怕他又讓我們感染字鬼嗎？」

「這還不夠嗎？」巫眞摸摸自己的光頭。

「我們已把四個龍字寫在手臂上，可保平安。」

「妳別那麼自以爲是，萬一他有其他感染方式就不妙了。」

「有什麼不妙，我們再除妖就是。」方圓大無所懼道。「反正，那本書還在貝貝手上。」

「妳確定？」

「應該還是吧，難道他會把書賣出去？」

「我打去問他。」巫眞抽出手機，「貝貝嗎？」

「你是哪一位？」

「巫眞。」

「你打來正巧，我在找你的手機號碼。」

「什麼事？」

「把那本妖書賣給我的男人，剛才去店裡找我，說要把書買回去。」

「不行，你不能把書賣回給他！」巫眞急道。貝貝怎會剛好在這節骨眼把書賣掉？

「我當然沒這麼笨，所以告訴他書不在店裡，要回家去拿。」

「那書其實在哪裡？」

「也眞的在家。我哪敢放在店裡，萬一被人搶走——」

「接下來呢？喂喂！」巫眞把手機畫面拿到眼前，發現突然斷線。

他再打過去，但打不通，電信公司說對方的電話暫時停止服務。

「天啊！什麼電信公司！」巫眞吼叫，「在這時候給我這種服務！」

方圓站在一旁，聽巫眞的答話已猜到是怎麼一回事。

「我們馬上過去書店，要是書被搶走就麻煩了。」

方圓說出巫眞的心底話。他覺得天上地下再也沒有人比她更了解自己。

48

一男一女一貓趕過去時，書店裡不見貝貝的蹤影。他們搜索附近的好幾條巷子也不見人，也不敢分頭行動，怕被敵人逐個擊破。

「你知道他住在哪裡嗎？」方圓東奔西跑了一陣，臉上已有汗珠。

「不知道。我和他還沒熟到那個地步。」巫眞開始佩服這個不怕辛苦的女生，道：「但我有辦法。」

「我知道你會用什麼招數。」方圓笑道。

「知我者，方圓也。」巫眞彎下身，召喚了一隻坐在暗處的雜毛貓過來。

方圓見這一人一貓聊得好不熱鬧。這種狀況她第一次時還覺得有趣，以後再見就覺得很麻煩。她不知道巫眞是怎麼說貓語，是像他說人話時一樣拖拖拉拉的，或者貓語本身就很繁瑣。換了是她，也許一分鐘就說完，可是巫眞和貓卻聊了至少五分鐘還沒有結束。

她看看時間，以爲很快就會結束，沒想到拿破崙又插話，結果就聊得更久。

又過了五分鐘後，巫眞才站起來。

「怎樣？」方圓見那貓一點動靜也沒有，倒是拿破崙跑掉了。

「牠不知道。」巫眞說。

「那你們怎麼會談這麼久？」

「一言難盡。」

「現在怎麼辦？」

「拿破崙會幫我問附近的貓。」

不消幾分鐘，拿破崙就帶兩隻花貓回來了，並示意他們跟上。

兩人追在三隻貓後面，穿過好幾條巷子，幾乎快要暈頭轉向時，終於來到一棟建築門口，外頭擺放的腳踏車多得誇張，少說也有二十多輛。

「人在哪裡？」方圓問。

「不知道，我本來以爲會發現他倒在路上。」巫眞一臉茫然。

「看來是我們多慮了，他可能一點事也沒有。」

「不可能。否則他的手機怎麼會不通？」巫眞抽出手機，再撥打貝貝的號碼，

「這次電話有響起來！」

「我有聽到。」方圓點頭。

「妳有聽到？」巫眞的耳朵仍貼在手機上。

「對，從二樓發出來。」方圓指向樓上。

拿破崙即使聽不懂人話，但觀微知著，也猜到他們說什麼，不等巫眞出口，便從單車陣跳到二樓的露台，公然登堂入室。

「你的貓還眞強大，即使是警方也不能這樣破門入屋！」方圓不禁讚歎。

「妳想變貓，成爲全世界最漂亮的貓女？」巫眞幻想方圓穿緊身衣的樣子。

「別趁亂讚我。你也太會讚人了。」

拿破崙從二樓發出喵聲，放話下來。

「有個男人倒在地上。」巫眞轉告方圓，「牠不確定是不是貝貝。」

「在貝貝家倒下來的男人，除了他以外，還會是誰？」方圓幾乎想打人，「要不要核對指紋你才能確認身分？別死腦筋！」

巫眞不以爲然，「我才不是死腦筋。要是賣書的那人故意布下陷阱，自己假裝倒地引我們上去怎麼辦？」

「的確言之有理。那該怎麼辦？」

拿破崙發出一聲怪叫後，巫眞和方圓抬頭一望，見拿破崙的嘴鬆開，把一串東西丟下來。巫眞反應夠快，把從天而降的鑰匙一把攫取。

「你現在知道要怎麼辦吧！」方圓說。

巫眞開始感受到她身上的殺氣在擴張，勾起兩人初見面時的回憶。那個方圓讓他既愛又怕，本以爲幾個月下來會變得溫馴，沒想到那只是他一廂情願的幻想。

「要是你不進去的話，我一輩子不理睬你。」方圓始終沒變，仍然是幾個月前那個對正義執著的方圓。

「我會進去，」巫眞以堅定的口吻道：「我上去就行了，萬一有事的話，妳就報警。」

「你以爲我會讓你一個人面對危險去領功嗎？」方圓終於面帶笑容。

巫眞沒有多話，走到大門前把鑰匙一一試插進鎖頭裡，很快就找到對應的，把鑰匙一轉，門應聲打開。

兩人交換了眼神後，便穿過大門，沿樓梯爬上三樓，又是另一道門。巫眞跳過剛才的鑰匙，很快就找到正確的那支把門打開。

兩人的目光很快在室內掃視。

說是家，其實和書店沒有兩樣。書一樣是堆疊成牆排得滿滿的。巫眞的目光沒有餘裕東張西望，很快就聚焦到倒在地上的人。

是貝貝沒錯。

拿破崙一直站在露台沒有移步，巫眞知道牠暫代起黑白無常的工作，爲自己留意外頭的風吹草動。

「你有感受到剩餘的妖氣嗎？」方圓一邊問，一邊取出紙巾，遞了張給巫眞。

「很微弱。他來過，又走了。」巫眞接過，擦了臉上的汗水後，去探貝貝鼻息。呼吸還算正常。這種居心不良的人，和夜神月一樣不容易死去。

「不，這妖氣是從他身上發出來的。」方圓指向貝貝。

「對，他也中了妖。」巫眞提高貝貝的手臂，「那四條龍還在耶！」

方圓的表情僵硬，一句話也說不出來。

巫眞強作鎮定，「我早就說字鬼比我們想像中複雜得多，現在妳知道四條龍不足以做護身符吧！」

「少囉唆，你快叫醒他吧！」

巫眞被她一言驚醒，連忙用力去搖貝貝。

貝貝很快就有反應，一雙眼睛卻慢慢睜開，但仍有點失焦。

「你們……這裡……」貝貝好不容易終於回復心智，眼睛馬上掃視四周環境，「……你們怎麼會來我家？」

「我不是打電話給你嗎？還沒講完就斷線了。我們就去店裡找你，可是找不到你。」

「你們又怎麼找上我家的？我確定沒帶你上來過！」貝貝大惑不解。

巫眞不打算花時間解釋，「我的眼線很多。」

「你也太神通廣大。」

貝貝撐起身，讓巫眞扶他到沙發上坐。

「你怎麼會暈倒？」

巫眞這一問，貝貝才如夢初醒，急急走到一排書架前，食指在一排排書背上遊走，最後停在兩本書中間的空位裡。

「他媽的！我的惡夢成眞了。」貝貝跺腳。

「什麼惡夢？」巫眞問。

「我夢見賣書給我的男人跟蹤我，對我施行了不知什麼魔法後，我就對他言聽計從，帶他上來，把那本書交給他，送他離開，最後又不知怎地眼前一黑倒在地上。我是被催眠還是怎麼了？是不是中了字鬼？」

巫眞點頭，「你確實中了字鬼。」

「那怎麼辦？」貝貝一臉驚恐。

巫眞還沒開口，方圓已搶答：「你這是害人終害己。」

「可是我身上還有那四條龍！」貝貝指向自己的護身符。

方圓懶得回答，巫眞也不知如何是好，「我們要盡快把那人找出來，只有他才可以幫你。」

「可是你們怎麼找？」貝貝急問。

「我們自有方法。」方圓用不屑的語氣回答，又對巫眞說：「快走吧！不然就來不及了。」

「好。」巫眞應道。

不等巫眞喚，拿破崙已經從露台那邊奔進客廳，跟他們從大門離開。

「家裡哪來這隻貓？自來貓好不吉利！」貝貝從背後吼叫。

「要不是有自來貓，你死了發臭生蟲也沒人發現。」巫眞一邊走下樓梯，一邊嘀咕道。

「我們現在回去他住的民宿，也許還找得到他。」方圓道。

「沒錯，我們行動要快。他說不定拿到書後就會離開台南。」巫眞推開一樓的大門，兩人急步返回機車，不消十分鐘就回到剛才去過的死巷。

剛脫下安全帽，巫眞就嗅到一陣豬腳麵線的味道，不自覺吞口水。

兩人下車走去門口查看。這民宿叫「行天宮」，不，再看清楚些，原來是「行之宮」。爲什麼不乾脆叫「行宮」？

「沒有妖氣。」方圓很快就下判詞。

巫眞也感受不到，「說不定，他去吃飯或者辦其他事情還沒有回來。」

「那我們就上去等他吧。」

「可是他可以感應到我們的氣場啊！」

「就讓他發現，看他敢不敢和我們正面對決！如果他不在，我也想看看他有什麼家當。」

「可是我們根本還沒有準備好。」

巫眞知道拗不過衝動派掌門方圓，果然她二話不說就按鈴。可是沒人答話，按了好幾次，仍然沒有反應。

「這裡不是飯店，不會隨時都有人在裡面。」巫貞推論說。

「那怎麼辦？」方圓問。

「小事一件。」巫貞自信滿滿，抽出手機，上google查詢「行之宮」的電話號碼，再撥過去，「請問是李太太嗎？妳好，請問有房間出租嗎？」

「有呀！你多少人？什麼時間？」一把雄壯的女聲反問。

「兩個人，但我們可以擠單人房。」他睨向方圓時，她倒不以爲然。「現在有嗎？」

「怎麼急成這個樣子？我正在打麻將，而且這次一定能胡牌。你們在哪裡？」

「就在民宿的大門口。」

「你等我十分鐘，我很快就過來。」她匆匆掛線。

二十分鐘後，巫貞才看見一個四十來歲的胖女人從街口很有氣勢地走來，估計就是李太太。

「就是你們兩位嗎？」她憑感覺認出巫貞，「怎麼沒有行李？」但她沒有留意坐在路邊的拿破崙。

巫真沒料到有此一問，不知怎麼回答，幸好方圓反應很快：「我們的行李在車子上，可以先上去看看嗎？」

「當然可以，保證你們一見就會喜歡。」李太太自信滿滿地說，領兩人上樓。巫真卻開始心生罪惡感，每踏出一步，就覺得自己像個騙子，反而不及方圓來得從容，駕輕就熟。

他讓她走在前面，這時剛好瞄到她小腹，居然變小了。難道她打掉了嗎？以方圓做事之狠，不可能一邊帶孩子一邊上課。不聽話的孩子，只會被她一掌打死。

「你幹嘛走這麼慢？快點快點！」她催促他。

三人上到二樓，李太太準備開口介紹時，方圓又搶話說：「我們想直接看三樓。」

「三樓可以呀！雖然要爬高一點，但視線比較廣闊，可以看到成功大學。」房東繼續推銷。

巫真對房東的話不感興趣，但爬得愈高，豬腳麵線的味道愈強烈這點倒是千眞萬確。

房東轉動三樓的鑰匙打開大門，巫眞和方圓已迫不及待衝進去一看究竟。

「你們眞好運，本來有個男人住在這裡，今天早上剛搬走了，現在可以成爲你們的二人世界。」李太太壓低聲音對方圓說：「你們可以盡情做年輕人想做的事！」方圓白了李太太一眼，不料李太太又道：「別害羞，老娘也年輕過！」

49

巫眞和方圓無功而還，只好帶拿破崙折返闊門書店，告訴貝貝他們撲了個空。

貝貝坐在櫃台裡，即使已過了大半小時，但仍面無血色，「他留下了買書錢，一千塊錢，一塊不少。」

「你眼中只有錢嗎？」挨在書架上的方圓潑冷水道。她和巫眞不一樣，雖然喜歡看書，但對開書店的人不會特別感到親切，甚至乎，對會寫書的人也不會感到特別喜歡。畢竟，作者即使很會寫，品格不一定高尙。好些敗類，也寫得出一手好字和好文章。

貝貝不想還擊，巫眞也不想做和事佬，只想解開心中的疑問，「你肯定是中了不知什麼的字鬼，所以護身符才會失效。」

貝貝揮動食指，「等等，你這話有邏輯上的問題，如果有護身符，字鬼根本無法附體。要是字鬼能附體，護身符根本無效。」

巫眞覺得這說法一場糊塗，「我懶得和你辯，隨便你怎麼說。你自己找把剪刀把頭髮剪掉，讓我看看是什麼字鬼。」

「爲什麼要剪掉？」貝貝很抗拒。

「字鬼會留在你頭頂上。」

「像我這年紀仍然有一頭茂盛頭髮的男人，你居然叫我剪掉！你要知道因爲這頭髮，我去買雞排時老闆娘都會給我大塊一點的……哎，你們別走！求求你們別走，我剪就是。」

巫眞和方圓終於停步。

「好，我剪！」貝貝又問：「可以請你的女朋友幫我剪嗎？」

女朋友!?巫眞聽到這說法時感到異常愉快，原來在人家眼裡，他和她已經是一對了。

他看向方圓時，卻不見她有半分喜悅，反而怒氣沖沖。

她拋出凌厲得足以致命的目光，「你以爲老娘是誰，可以供你使喚？」

巫眞暗暗慶幸她並不是討厭別人稱她爲自己的女友，對貝貝說：「你快去找你的髮型師吧！我們在店裡等你。」

貝貝點頭，抓起錢包就走，近乎落荒而逃。

方圓餘慍未消，狠狠地吐出一口氣。怒氣。

「妳猜那長髮男人跑到哪裡去？」巫眞問。

方圓細細思索，「你要我猜的話，那人絕不會離開台南。」

「怎麼會這樣想？」

「那人既然取回書，自然會再次出手。以我估計，他要有書，才能放出字鬼。」

巫眞同意方圓的推論，「他不可能再來這書店吧？」

「當然不會再來。他的目標應該不再是書，而是我們。」方圓用篤定的語氣道。

「我們？」巫眞有點疑惑。

「也許只是我。」方圓道：「上次他和我不期而遇後，一定對我念念不忘。」

「很多男人都會。」

「和你想的不一樣！如果他能催眠貝貝，叫他把書交出來，說不定也能催眠我們。」

「催眠我們做什麼？」

「說不定叫我們把身上的氣場奉獻出來。他不是吸血鬼，而是吸氣鬼！」

巫眞深呼吸了一口，「我們要盡快找出對付字鬼的方法。」

50

貝貝再回來時，和巫眞一樣是個和尚的模樣，一開口就很激動地說：「天啊！我頭上眞的有字耶！」

即使早就知道是這結果，巫眞還是很興奮，「是什麼字？」

「是……是……」貝貝還沒說，方圓已竄到他背後，踮高腳看他頭頂上的文字，「有個『十』字。『十字架』的『十』字。」

「十字架不是用來對付魔鬼的嗎？」貝貝奇怪不已，問：「爲什麼我反而會中了字鬼？」

「龍在西方世界代表邪惡，是魔鬼的同路人。」巫眞很快就猜到是怎麼一回事，卻不願意直接揭曉。「可是，你眞的以爲是用十字架對付四條龍嗎？」

貝貝答：「當然，可是一個十字架不像能對付得了四條龍。」又問方圓：「妳說是不是？」

方圓哼了一聲，沒有答話。

「你的護身符是四條龍連在一起，現在給你一個『十』，你猜變成什麼？」巫眞給了提示。

貝貝拉起衣袖。自己的護身符大概被汗水沖淡，如今差不多化開。他還想拿筆把字一筆一畫塡回去，但自己都中了字鬼，可見護身符完全沒效。

「還沒猜到嗎？」巫眞催促問。

「等等，我想到了，如果四條龍……」貝貝在腦海浮起那個筆畫超多的中文字，「守在上下左右四角的話，只要一個『十』字，就可以把這四條龍切割開，不再是一個完整的字，而是四個字。」

「恭喜你猜到答案。」巫眞冷道。

「那我又怎會自願把書交給他？」貝貝迫不及待要找出眞相。

「你知道頭頂上還有什麼字嗎？」方圓終於又開口。

「還有一個？」巫眞問。

貝貝迫不及待答：「一個好像是『母親』的『母』字或者『毋須』的『毋』，還有一個不知道什麼字，好像是一把刀。」

「一把刀？」巫眞叫貝貝轉頭，一見便知道是怎麼一回事，「果然有一把刀！」

「看來是叫你媽把你一刀捅死。」方圓皮笑肉不笑道。

「開什麼玩笑！我媽在屏東，這時應該在打麻將。」貝貝很不滿意。

「其實那不是刀，而是這個……」巫眞取來紙筆，「『宀』，寶蓋頭的『宀』，在下面的也不是『母』字或『毋』，而是一個代表瑪瑙貝的象形字。最後，再加上你的『貝』字。」

「『實』字。」貝貝馬上查手機，「《說文解字》解釋說：『富也。从宀从貫。貫，貨貝也』。後來才解作結實、老實。實話實說？所以我才向他全盤托出？」

「對。」巫眞見貝貝很不服氣的樣子，又道：「不管你接不接受，字鬼的邏輯就是如此運作。」

「我寧願要身體結實。」貝貝拍拍手臂上鬆垮垮的贅肉，然後緊盯著方圓，非常色迷迷。

方圓一巴掌摑過去，在貝貝臉上發出「啪」的一聲，罵道：「你這不是實話實說，而是趁機吃我豆腐！」然後把桌上一堆書掃到地上，轉身離開。

貝貝右手按著發熱的臉頰，被嚇得不知所措，店裡的客人更是瞠目結舌。

「看不出你女友原來這麼兇。」貝貝猶有餘悸。

巫眞不打算糾正他的誤會，「我從來沒說過她溫馴。」幫忙把書撿起來。

「謝謝。」貝貝等書放回原位後，語重心長道：「你們千萬要提防那男人，他不簡單。」

「我們知道。」巫眞說，心想：你還眞廢話。

「他現在更不簡單了，」貝貝呑了口水，「我剛才發現他的胎記居然會動。」

這話超出巫眞的想像。「會動？什麼意思？」

「那胎記在他的半張臉上變幻不定地轉動，時大時小，像有生命般。」

巫眞出到巷口時，把貝貝的話轉告方圓，又道：「可惡，原來我們一點也不懂字鬼的遊戲規則。」

「難道對方會把自己的弱點全盤向你托出嗎？」方圓說得理所當然。

巫眞到處張望，「奇怪了，拿破崙一向盡忠職守，不會隨便離開。」

方圓建議道：「你問問附近的貓。」

「說得也是。」巫眞往左往右走了一陣，「奇怪了，一隻貓也沒有。」

方圓從後追上，「會不會被那男人抓走了？」

51

二十分鐘前。

「小志，別走太遠了。」

五歲的小孩沒把媽媽的話聽入耳，一走進公園，就小跑步奔向滑梯，和熟悉的夥伴打招呼，把媽媽的話忘得一乾二淨。

幾個小孩你追我逐，玩捉迷藏到忘形時，並沒想到這裡其實是某個角頭的地盤。只是沒人料到把持這個角頭的，並不是人類。

在最高最大的樹底下，一隻體形特大的公貓在懶洋洋地睡大覺，享受涼風帶來的快意。

「白雲大仔，剛收到消息，有那天殺掉太子的貓的下落。」一隻灰貓湊上來報告。

白雲先是睜開右眼，仔細看了灰貓一陣後，才再睜開左眼，「確定是牠？」

「肯定是牠沒錯，還和兩個人類在一起，在大公園附近走來走去。」灰貓道。這群貓族口中的大公園，就是孔廟。

「你快召集兄弟，而且還要通知疾風大仔。」

「可是牠和兩個人類在一起。」

白雲咬牙切齒道：「牠不可能永遠依靠人類，一定會有落單的時候，到時我們就同時出手，肯定可以把牠碎屍萬段！」

拿破崙並沒有進入闊門書店。

巫眞的家裡已經很多書。書是很危險的東西，要是不小心經過上面，書一滑，自己就會失去重心，不知要跌往哪個方向。雖說貓有九條命，雖說貓跌不死，雖說貓勇猛果敢，但那種驚嚇絕對不能隨便拿來玩的，膽小點的話難保心臟病發。

即使巫眞不會隨便把書亂放，但有時難免忘記。最麻煩的是他那個朋友夜神月，同一時間會看好幾本書，隨看隨放，根本就是製造家居意外，不，是死亡陷阱。

只有自命身手不凡的貓，才喜歡在家裡走動，像牠就寧願留在巷子裡。

牠遠在闊門的巷口時，就已嗅到那股陳舊的書臭味，只好敬而遠之，寧願守在門口等巫眞他們出來。

牠剛才盤算過，從這裡走回家，也許要一個小時以上，即便如此，牠還是沒有把握可以走回去。牠可以學到那個人類拿破崙的戰鬥力，但方向感就無能爲力，只能怪自己天牛就是貓輩。

一個小男孩走過來逗自己玩，他看來沒有惡意，是個正在牙牙學語的小人兒，走路還不穩，仍要母親看顧。自己也很樂意和他玩。這個年紀的小孩最單純，等再過幾年就不一樣了，他們有的會變成魔鬼，在夜裡追捕我輩貓族，施以各種可怕的酷刑虐待。因此，牠和幾個好友夜裡都會聯群結黨出動，保護附近一帶落單的同類，發揮互助的精神。

這小孩看來很喜歡跟自己玩，也喜歡摸自己的背，那種感覺好舒服，好教人懷念。家裡的貓太多了，巫眞也很少和個別的貓親近，免得其他貓感到被冷落。

就在自己閉上眼睛好好享受時，突然聽到一陣腳步聲從遠至近襲來，登時睜開眼睛，發現少說有三隻貓從不同方向撲來，而且其中一隻雜毛貓更把自己推倒，自己翻滾了好幾個圈才停下來站穩陣腳。

小孩和母親馬上發出驚叫，母親把小孩抱開，走得老遠。其他路人紛紛叫了起來，但都袖手旁觀。

拿破崙無暇分神去看一旁人類的反應，只能留意敵貓的動靜。三隻體形皆比自己巨大的貓守在前左右等三個方位，外圍還有至少六隻貓布陣。

闊門的巷口已有一隻貓在看守，阻擋了自己去找巫眞求救的可能。

這幾隻貓自己都好陌生，但在遠處馬路對面的，卻是那晚跟自己交手的白雲和疾風，顯然是爲尋仇而來，只是沒想到是在當下的情況，來得正不是時候。

又有另一隻貓跑去闊門的巷口，牠們知道自己的救兵在裡面，所以要把這個機會封死！

可惡！

自己在附近沒有同伴也沒有朋友。要是巫眞或方圓出來，就可成爲救兵。可惜他們才剛進去不久，怎麼看也不會在短時間內出來。

拿破崙伸出貓爪，即使死，也要打得驚天動地，絕不輕言投降。

白雲一聲令下，五、六隻貓同時發難，向拿破崙撲過來。拿破崙自知在這裡只會被牠們分屍，無法一對一地解決牠們，大喝一聲後，衝向最弱小的一隻，用假動作騙過對方，衝出重圍，逃往大公園裡。

52

男人取走天書後，就返回自己老巢。這裡離市區較遠，交通沒市區方便，他覺得較為安全。

即使退役已久，他仍信奉狡兔三窟的道理，同一個地方不住超過兩晚，而且，他隱隱覺得那晚見到的黑貓很不尋常。一隻貓再貪吃，也不可能從便利商店跟到巷子，最後更爬到三樓去偷窺自己，這哪像是貓的行為？反而更像人類的偵探會做的事！

「你要打電話給誰？」剛才他問書店店長貝貝。

「朋友。」

「朋友？」男人突然想起自己不用逼問，現在問店長什麼，他都會如實作答。

「他叫巫貞，好像有超乎尋常的能力。他的女友也一樣。」店長的眼珠有輕微的翻白。

「什麼叫超乎尋常的能力？」男人追問。那女的可能就是他碰見過的那位。如今他要挖出他們的底細。

「他們知道那本書裡有字鬼。」

店長的答案並不教他意外。男人下定決心，不管這女的是不是自己碰見的那個，都要一併解決。

「他們住在哪裡？」

「我不知道。」店長答。男人不用逼問，這傢伙已是如實招來。他真的不知道。

「他們叫什麼名字？」只要洞悉這個關鍵，就等於獲得致勝之道。

「男的叫巫真，巫師的『巫』，真假的『真』。女的好像姓方，名字我不知道。」

男人心想，即使只知道一個字就足夠了，特別是「方」字，可以連上去的字鬼實在太多了。加個「人」字，就是「仿」。如果是「方」字部，就更多選擇，和「攵」字結合變成「放」，也許她會變得放蕩不已。

對方肯定也知道自己的存在，同樣在想辦法找出自己的下落。他們早晚會碰面，視乎誰最先找到對方。

他不知道對方的本領如何。那女的氣場很強大，如果男的比她更厲害，兩人加起來的話，自己肯定不是他們的對手。

幸好，字鬼一向是用偷襲、奇襲，不正面對碰，而是像布地雷陣般令人防不勝防。只要搶先一步，偷偷把字鬼附在他們身上，就可以不戰而屈人之兵。

那些人現在可能去找貝貝了！貝貝剛才不就是接了巫眞的電話嗎？

怎麼現在才想到，這麼笨？

一念及此，男人馬上又出門，乘台鐵回去台南火車站，再搭計程車去書店那邊。這不但比較快，而且在車上也可以洞察路上的形勢。

他上車後，沿中山路直去再拐個彎，很快就去到闊門。

司機停車時，他卻沒有下車，「等一下。我想在這裡待一陣子，那個錶你讓它繼續跳好了，錢我照付。」

闊門所在的巷口附近，有十幾隻貓很不尋常地活動，氣氛很緊張，似乎要圍攻一隻灰黑色的貓。牠戴了藍色頸圈，四蹄踏雪，正是那天從便利商店跟蹤自己到民宿的那隻！只是牠還不知道發生什麼事，和一對母子在玩耍。

這貓怎會在這裡？難道那個叫巫眞的也在附近？在書店裡？他隱隱覺得他們是有關聯的。

也許直接進書店裡，就可以找到他。

可是這樣一來，就是面對面的直接攻擊了。

他還在思考時，那些貓已發動攻勢，比他更直接，更行動迅速。灰貓被飛撲過去的雜毛貓撞個正著，撞到老遠。那個女人馬上把兒子抱走。其他貓圍攏上去，把包圍網收窄。灰貓勢孤力弱，無心戀戰，也很快就衝出重圍，奔到老遠，其他貓也窮追不捨。

「哇塞！簡直像《艋舺》裡的黑幫仇殺一樣！」計程車司機笑道。

「等我一下。」男人下車，在地上撿起黑貓剛才被打時掉下來的項圈，上面有個牌子，用很小的字體寫了姓名、手機號碼和地址。

名字不是貓名，而是人名。

巫眞。

大概就是怕貓迷路，也可以讓人撿到後送回家。

他返回計程車，叫司機送自己到上面的地址。

到達目的地，他還沒下車就知道自己的想法沒錯。

對面的巷口裡有一黑一白的貓在守著，巷裡還有很多貓。

他下了車後，背包裡的書不停震動，彷彿要跳出來。

他知道是怎麼一回事。

書裡的字鬼不只會附到人身上，還能洞察附近環境。

他把書取出，打開，紙頁自動一頁頁地掀開，如狂奔的野馬，發出「啪」「啪」「啪」的聲響。

一個個字在他眼前跳動，像動畫般。

一眾書紙最後安安靜靜停下來。

在這攤開來的兩頁紙裡，只有一個字，仍然死心不息，很不安地，很躁動地，像受驚的魚般，在這紙頁構成的魚缸裡狂竄，像要衝破缸面掉到地面上，以死明志。

就是這魚，吹皺一池春水，讓整本書爲之震動。

它亂竄了好一陣子後，終於力疲，慢了下來，在缸邊徘徊，像死心不息，也好教男人看清楚這是什麼字。

劍

他記得《說文解字》怎樣解析這個「劍」字：

「人所帶兵也，從刃僉聲。」

這個「劍」字果然就像一條魚，那個「僉」字旁上的「人」字就像魚頭，底下的兩個「人」字卻像尾鰭，右手邊的「刂」字就像細長的腹鰭，慢慢地擺動。

魚頭指向那個巷口，尾巴大幅度地擺動，像是搔首弄姿。

男人知道這「劍」字魚眞正的意思，並不是賣弄風情，而是警告他，裡面有一把劍，他不能接近。

爲什麼不能接近那把劍？他參不透。

等等，如果連字鬼都怕的話，表示那並不是一把尋常的劍，很有可能是把用來斬妖除魔的劍。

那個叫巫眞的傢伙擁有這把劍，一點也不稀奇。

他不知道字鬼遇到那把劍後會有怎樣的後果，也不想知道。

當務之急，就是在他們還沒有回來之前，先行撤退，好好構思應對方案。

就在他準備離開時，只見一個體形不小的光頭胖子剛從公車下來，身上殘存妖氣。

其他人感受不到，但他能。

這傢伙感染過字鬼。那是字鬼的氣。感染過，也可以再感染。字鬼沒有免疫力這回事。他要給這胖子美好的回憶。

胖子正一步一挪地，看方向是要進去對面那條巷子裡。

男人把書以打開的狀態塞回背包後，走向胖子，很客氣地問：「請問這裡附近是不是有個人叫巫眞的？」

胖子停下腳步，「對，就在這巷裡面。」

「我中了字鬼，要找他幫助。」男人撥開遮住半邊臉的頭髮，展示臉上大幅胎記。

胖子當即倒退了兩三步，穩著身子後才道：「你的情況好嚴重！痛嗎？」

「很痛！可以扶我到那家水果店外坐嗎？」男人裝出痛苦的表情。

「當然可以。」胖子伸出援手。

「你人眞好，你叫什麼名字？」

「夜神月。」

這名字好熟，不知在哪裡聽過！「夜神月？你是日本人？」

「不，我的名字叫陳半月，夜神月是我綽號。在夜神月這個綽號前，同學都叫我陳胖子。」

「有個『月』字嗎？」男人反應很快道：「這可麻煩了，『月』字部有很多字呀！」

「對對對，我上次就是中了個『月』字，所以才胖到不像話。要是有個字鬼合起來變成『服』字就好了。」夜神月奸邪地笑。

「有什麼好？」男人好奇問，覺得這夜神月身上有股連他也感到懼怕的邪惡力量，可幸的是，他感到這力量對自己無害。

「讓大家信服我、服從我，對我言聽計從……」夜神月說時耳不紅臉不躁。

靠！這傢伙的腦筋好像很不正常，但絕對和字鬼無關。

男人沒興趣和這傢伙討論下去，這次的任務已經完成，用手按臉，「我臉太痛了，要去醫院打個止痛針才行。」

「你不如等見了巫眞再打算，我打個電話叫他出來。」夜神月掏出手機。

「先不用，我等打了止痛針再來找他。」

男人見一輛公車正好開過來，急急奔過去，剛好來得及上車。

夜神月覺得這男人眞不幸，剛才忘了問他臉上變成這個樣子是中了什麼字。算了，稍後問巫眞就行了。

轉過身來，發現巷口那兩隻一黑一白的貓不懷好意地瞪著自己。眞想把牠們的眼珠挖下來當彈珠！巫眞還眞是的，養貓就算了，養這麼多幹什麼？

夜神月對這群貓沒有好感，但仍只能頂著牠們的目光走進巷子裡。

那群貓對自己同樣也沒有好感，每一隻都像監視器般注視自己的一舉一動。

巫眞不在家，但門常開，方便貓自由出入，也讓房子涼快點。

他穿過大門，回到熟悉的房子裡，裡面沒有什麼變化。眞是廢話，他離開了才不過幾天，又不是幾年。

所以，方圓應該還是瘦瘦的，纖細的，漂漂亮亮，頂多就是愛亂發小姐脾氣，不會突然變胖變醜，同樣也不會變得溫馴。這個改良版只會在他夢境裡出現，唯他獨享，只與他約會。

沙發上本來有好幾隻貓躺臥，見他要坐下時馬上跳開。

他一坐上沙發就打開電視，在一個個頻道間跳來跳去，希望能找到什麼好看的節目，可是跳了十來個後發現內容皆乏善可陳，除了無聊的綜藝節目，就是股市節目。

無聊的台灣電視生態。

53

男人離開了火車站，再三確認沒有人跟在自己背後，走到一條小巷，穿過一道道門，返回自己的房間裡。

他迫不及待取出那本天書，攤開來，任由紙頁自動掀動，就像剛才般。不同的是，這次那些紙頁的舞動沒有剛才的狂野，很快就安靜下來。

攤開的這兩頁是白紙，上面一個字也沒有。

不，很快就有字了，一個個在書紙上現形，像有人一個個寫上去般，不過，不是一筆一畫地寫上去，而是一個個字冒出來，彷彿一筆就能揮出一整個字來。

屋裡神劍　能鎮俺

反之

用黑布包裹　置在俺下

卻能爲俺所用

雖然說得不完整，也沒有說出原因——反正很多事情也很難道出原因，但意思倒也清清楚楚。

54

巫眞一無所獲獨自回到家時，沒想到十幾隻貓聚在門口。他走近一看，原來群貓都在簇擁著拿破崙。牠即使回來了，也沒有進去屋裡，而是一如以往像戰將般守在屋外。

「今天的經歷還眞複雜，一言難盡。」拿破崙便把自己怎麼在店門口被仇貓追殺，又怎麼一路過關斬將，最後怎麼回到家的情況娓娓道出。

巫眞聽了，終於放下心頭大石，「我還以爲你被那男人帶走。」

「好險沒有，但他有追到巷口來。」拿破崙猶有餘悸。

「巷口？」巫眞心裡一沉，沒想到拿破崙意外把敵人引到自己家來。這代表什麼？冥冥中自有主宰？

「你可以問黑白無常。別這樣看我，那時我還沒有回來。」

巫眞聽了拿破崙這樣一說，自己也不用再去問，牠的話一定沒錯。

萬一那男人再發動下次攻擊，麻煩就大了。媽的！自己根本不在備戰狀態。

「你的項圈？」巫眞發現拿破崙的項圈不見了，已料到是怎麼一回事。那人不是跟在拿破崙後面來到這裡的。

「忘了說，你的朋友夜神月來了，在裡面。」白無常提醒巫眞。

「怎麼不早說？」巫眞見拿破崙沒事，放下心頭大石，走進屋裡，見夜神月正大字形地癱在沙發上睡大覺，不客氣地去搖醒他。「你來幹嗎？還好吧？」

「怎麼一回事？」夜神月像被驚醒，「我不清楚，忘了。天，這裡是什麼地方？」

「別裝蒜了，你是來找方圓吧！」「死心吧！方圓是我的！你算個屁！

不料夜神月竟道：「巫眞？是你嗎？你怎麼會來找我？怎麼我看的東西都是朦朦朧朧的？」

巫眞很快就發現夜神月抬頭說話時，眼睛並沒有注視自己。這不是這傢伙的說話方式，他看來也沒在說假話。

「你知道自己在哪裡嗎？」

「我不會在台南吧？」夜神月有點驚訝。

「沒錯，你在我家。」巫眞冷靜地說。

「這怎麼可能？」夜神月摸摸後腦，如夢初醒道：「等等，我今天好像夢見自己坐高鐵下來，沒想到……原來是眞的……我的眼睛爲什麼看不清楚？」

巫眞感到夜神月身上有妖氣──字鬼的氣，終於了解是怎麼一回事。

他撥開夜神月開始長出來的新髮。

「你又想幹嘛？」夜神月用手揮開巫眞的手。

「我懷疑你頭上又有字！」

「不是吧！我才剛擺脫了一個，怎麼又來一個？」夜神月乖乖地不再動。

巫眞很快就在頭髮之間找到若隱若現的字。

「只是這次的筆畫很多，暫時還看不清楚。」

「怎麼辦？」

「我來照照看。」巫眞很快就找到手機。一照之下，當即嘆了口氣。

「怎樣了？」夜神月很是期待。

「眞的有字。」巫眞的語氣裡透露出六神無主。

「沒什麼好怕，就用你教我的方法來除掉它就好了。」夜神月一派樂觀。

「這次不一樣。這次的字很難除。」巫眞不自覺抓起後腦，「你剛才還夢見什麼？」

巫眞坐在夜神月旁邊時，竟發現他雙眼裡有一片灰濛濛的東西，像白內障。

不像其他人感染字鬼後只是笑或者哭，夜神月感染的，總是異常凶狠。大概是上天要好好整治他的嘴賤。

55

「天，又是『龍』字，我愈來愈討厭這個字。」

方圓在電話裡聽到巫眞說出剛剛得知的事。

她知道夜神月在他家裡，所以一萬個不願意過去。

「只要被『龍』字咬著，就很難放手。」巫眞繼續道：「除非像那四條龍被『十』字分開一樣才能破解。」

「沒錯。不過，就像之前說的，字鬼的遊戲規則難以捉摸。」方圓提醒他。

江湖上的遊戲規則，何嘗不是一樣？你要跌過痛過失敗過，吸取了教訓，才能好好學會，牢牢記著。

「你的劍有給你開示嗎？」方圓問。

「沒有，一本書也沒有掉下來。我看不能再依賴它了。」巫眞的語氣頗急，「現在敵暗我明，我不知道他什麼時候會出手。妳我分開行動的話，容易被他各個擊破，非常危險。妳不如暫時搬來我這裡住，放心，妳會有自己的房間，我也尊重妳的隱私。妳來住，只是讓我能好好照顧妳、保護妳。」

方圓不禁噗哧一笑，覺得巫眞最後一句話比較像是求婚的台詞。

巫眞對自己有好感，實在再明顯不過，恐怕整個台南的貓咪也知道。她做人喜歡明刀明槍，可是，有些事情還是要有矜持得好。不錯，這很矛盾，但連她自己也說不清。

倒是巫眞這次的說話方式不合乎他一貫的作風，幾乎就是直白的求愛宣言。

巫眞你就是用這種方式來追我嗎？一點心思也沒有！

會不會太快了？我們還沒接過吻，甚至還沒牽過手。

可是，他救過自己，以及對自己做過的一切，都教自己心動，而這絕不只是報恩。她很清楚，即使他沒救過自己，她還是會一樣喜歡他，喜歡他和自己的共同興趣，喜歡他的人格特質。

也許，這次該給他一個機會，也給自己一個機會。

不要讓愛情只是電視連續劇或言情小說主角的專利，讓自己也要好好做一回女主角才行。

腦內經過千旋萬轉的反覆辯證後，她終於想通了。

可是，還有一點教她卻步。

「我不想和你那個朋友夜神月住在同一屋簷下！」

「放心，他看不到妳。」巫眞像鬆了一口氣。

「可是我會看到他。我討厭看到他。」她老實不客氣道。

「妳可以假裝看不到他嗎？」

「不可以！」方圓答得決絕，「我討厭他在我附近出現，討厭他的聲音，討厭他在我身邊呼吸。」

巫眞吁了口氣才道：「妳眞的很討厭他。」

「一句話，我討厭他整個人。」方圓毫不掩飾對夜神月的厭惡。她沒見過比他嘴更賤的人，甚至同一等級的也沒有。

上帝造人，顯然也有低於平均值的產品，一輩子總會碰到好幾個。

「我跟他說明一下，等下再找妳。」巫眞掛線，對夜神月說：「方圓不希望你在這裡出現。」

夜神月的臉對著巫眞，但眼神卻失焦，「你打算怎樣？把我趕走嗎？」

「算了吧，我不是重色輕友的人。」巫眞深深地慨嘆。

「你不愧是我的好兄弟。」夜神月咧嘴笑道。

「不，我只是心軟而已。等你眼睛好了，我馬上趕你出門口。」

「好方便你和方圓在這裡做那檔子事嗎？」

「沒想到你眼睛出了問題，嘴巴還是不乾不淨。」

「就是眼睛——」

夜神月還沒打完嘴砲，巫真的手機又響起來了，吸引兩人的注意。

「是方圓吧！」夜神月問，雖然看不到。

「不，是個我不認得的號碼。」巫真戰戰兢兢地說，但仍決定接聽：「喂。」

「你就是那個巫真吧。」男人的聲音聽來很冷硬。

「對。」巫真很快就料到一二。

「我就是你要找的男人。」

「沒想到你敢打來。」巫真給自己壯膽，對這種人不能客氣，否則就會被對方強大的氣勢壓過去，「不怕送羊入虎口嗎？」

「誰是羊誰是虎，你怎麼到現在還不清楚？要不要看清楚他的眼珠再決定接下來開口說的第一句話是什麼？」

「你有話快說，有屁快放！」

「明天下午三點，叫你可愛的女友和那個叫什麼夜神月的朋友，兩個人站在咖啡光廊門口等我，記得叫你女友帶手機。你的手機。」

不能扯方圓進來。「明天下午她有課要上，我去就夠了吧。」

「我對你沒有興趣。你想辦法叫她過來！不然你朋友就一輩子都要這個樣子。你帶他去醫院也沒用，這不用我多說吧。」

「你到底想幹嘛？」

「我剛才已說清楚了。不要報警呀，這是江湖規矩。」對方掛線。

巫眞盯著手機，不錯，自己有對方的手機號碼，可是仍無法動對方半根毫毛。

「謝謝你沒有攆我走。」夜神月道。

「沒事。」巫眞想好對策，「我先出個門。」

56

巫眞一邊騎機車，一邊回想以前和夜神月當同窗的生活。

很久很久以前，久到他是個還沒有手機的國中生。有一回，他在路上被狗咬到，痛到根本走不動，又沒有雨傘。剛好夜神月經過，就一直拿著雨傘給他遮風擋雨，而且打手機叫人來幫忙，就這樣陪伴了自己整整大半個小時。

那個下午，他永遠也不會忘記。

夜神月嘴賤，大概和父母早年離異有關，以此來表現自己的反叛。當然，也有可能是遺傳。巫眞跟夜神月的老爸有過一面之緣，同場的還有夜神月的後母——一個年輕許多的女人。那天夜神月晚了點回家，就被他爸以滔滔潮水般的髒話狂罵，幾至沒頂，字眼裡還涉及夜神月的生母。

夜神月當場就不客氣還擊：「你這麼想操我媽，就去操她啊！爲什麼身體在操這女人心裡頭卻在操我媽？」

巫眞忘了那事怎樣結尾，也沒有追問，夜神月不說，他就不問。總之夜神月一上了大學，就離開了家，離開了台南。他生母已另外組成了家庭，而他只好繼續一個人過表面嘻嘻哈哈實則背人垂淚的日子。

57

「竟然要我去幫他？」方圓聽了巫眞的話後，很不忿地說。她在爲作業奮戰，桌面上攤開好幾本書，其中還有些是英文書！她什麼時候開始看英文書的？

方圓戴上黑框眼鏡，是不常見的打扮。

「他只是嘴賤而已，基本上無害，是個好人。」他爲夜神月說項。

「嘴賤就是有害。你看蚊子就是嘴賤，你身上那麼多血爲什麼不讓蚊子吸吸看？」

「爲什麼要扯到蚊子？」

巫眞覺得方圓什麼都好，就是有時愛無理取鬧、固執。他永遠忘不了見她第一眼時，那一身白色放出殺氣如妖女的形象。也許，那個才是眞正的她。

方圓和巫眞互相對視，沉默良久才再開口，「我不可能幫這個人。」

「可是──」巫眞還沒說完，就被方圓打斷他的話。

「……但我會好好解決那男人，消滅字鬼，絕不手軟。」

巫眞終於鬆了一口氣。

如果方圓要他在她和夜神月之間挑一個，他可不知如何選擇，那會是比「黑洞究竟能否通往宇宙另一個空間」更難解答的難題。

「那我們好好規劃明天的作戰方案吧。」巫眞坐下來，「明天下午兩點，我會一早到現場視察環境——」

方圓沒讓他說下去，搶道：「你發什麼神經？你眞的打算照他的意思去做嗎？」

「不，我才不會這麼笨。妳聽我說下去，剛才我在路上已經想好了。妳想想看，爲什麼他要妳過去而不是我？」

「我是女生嘛！」

「爲什麼叫夜神月陪妳？妳覺得你們在等他時，我會在哪裡？」

「你當然會在附近監視這一切。他不會以爲你眞笨到留在家裡。你會跟蹤他。」

「沒錯，我跟蹤他是在他預料之內。」巫眞自信滿滿道：「貝貝在書店裡以爲成功騙了他，結果被看破，還反過來被擺了一道。這傢伙非常聰明。他一定還有一個更複雜的詭計在裡面。」

58

方圓隔天在兩點四十五分來到咖啡光廊。她不喜歡遲到。夜神月還沒來，實在太好了，她巴不得他拖到最後一分鐘才到達。

可是她很快就失望，夜神月不久就在巫真陪同下搭公車來到。

夜神月看來比上次見到時瘦了不少，但塊頭仍然很大。他本來就是大塊頭。戴上墨鏡後，十足一個瞎子。

兩人走近時，方圓問：「他真的什麼都看不到？」

巫真不及回答，夜神月就道：「但我聽到妳的聲音，還聞到妳洗髮精的香味。」

方圓狠狠瞪了他一眼，直想在他身上捅幾個窟窿，但沒有多話，免得沒完沒了糾纏不清，當下只是想努力把聽進耳裡的話用力摳出來。

「我的手機。」巫真把手機交到方圓手上後，揮手向兩人道別：「你們就好好暫時互相看顧彼此吧！」

「放心，我願意照顧方圓一輩子。」夜神月點頭道。

巫眞本來已經走遠了好幾步，聽到這句後馬上走回來，輕拍夜神月後腦。

「你再說一次的話，我就讓你流落台南街頭，讓你自己想辦法爬回台北。」

夜神月乖乖閉嘴。

巫眞見他不再胡說八道口出瘋言後才離開，但走不了幾步後又回來，這次是對方圓說：「要是他亂說話，妳可以教訓他！」

「不，我會讓他自生自滅。」

方圓示意巫眞快走。這時一輛公車來到，剛好讓他鑽上去。

如今只剩下方圓和夜神月，她懶得理他，只當他是透明，舉頭四顧，到處張望，不見有什麼怪人的蹤影，也感受不到任何氣場。

也許，他已經可以隱藏自己的氣場。那就麻煩了。有空的話，她應該好好開心見誠，和巫眞談自己的異能怎麼來的，也許可以想辦法更上一層樓。最起碼可以隱藏氣場，一直被人家發現自己的不尋常，始終有害無利。異能和錢財一樣不可以露白。

一分又一分過去。大街上的時鐘顯示已超過三點，很快來到三點零三分，四分，五分。

方圓手上的手機響起來。從號碼看來，是那人打來的。

「有輛公車快到站，快上去！」

方圓見果然有輛公車開過來，是往安平地區的。

「可是公車站牌好遠，我旁邊的傢伙看不到東西，走不了那麼快！」方圓可不想牽夜神月的手。

「妳一個人上車。大塊頭留在原地。」

一個人？她大感不妙。即使夜神月是嘴賤的無賴，即使他無法保護自己，但好歹有個照應，總比一個人在公車上安全得多。

「快跑吧，不然就來不及了。」那人又催促道。

這麼說來，他很有可能就在附近，這和巫貞預期的不一樣。

他在哪裡？在這輛公車上嗎？

她稍一猶豫，又聽到那人說：「妳不上車的話，遊戲就結束了。」

她不及細想，只好小跑步過去，也不由得夜神月在背後說話，反正，她也想盡快擺脫他，讓他從自己視線範圍消失。

可是，遊戲好像開始變調了。

59

回到昨天，巫眞的家裡。

巫眞喝了口茶後，繼續一邊推論一邊發問：「如果他的目標是妳，爲什麼要失明的夜神月陪妳出來？」

「我不知道。」

「唯一原因，就是他看不到東西，也無法保護妳，完全是廢物！」

方圓同意最後一句，「對，他完全是廢物！」

「既然是廢物，他的存在與否也不重要，那叫他出來幹嘛？」

「我不知道，你快說，我沒有耐性聽你拖台錢。」

巫眞不爲所動，繼續拖，「再讓我給妳一點提示：照理說，我明天會在什麼地方？」

方圓只好聽他擺布，「你自然會想辦法跟在我後面，希望可以釣到大魚把他找出來。」

「沒錯，這也是他的劇本。他希望我們會照著做。想想我家那時剩下什麼人？」

「天，是調虎離山之計！」

「沒錯，他把我們全部引開後，就可以堂而皇之進我家，不受阻攔。」

「你可以把門關上。」

「他要進來的話，就一定已準備把我家的門破開，那鎖頭對有心人來說絕不難破解。」

「可是，他爲什麼要去你家？你家只有很多貓。」

「當然不是爲了我的貓，我的貓只有在我眼中是無價之寶，對其他人來說只是一般社區動物。」

「我想到了，可是，他怎麼可能知道天命劍？」

「他也許從我們不知道的管道收到消息。但我家最值錢的東西，應該是這把劍。除了這把劍，我想不到他會爲其他什麼東西找上門。」

「你明天打算怎麼做？在家等他嗎？」

「沒錯，我把夜神月送過去後，就會馬上回來。」

60

方圓獨自搭上公車後，眼睛開始到處搜索，看看車上有沒有什麼奇怪的人。

下午三點的乘客不多，分坐在不同位子，像彼此厭惡般相距甚遠。

他們看來沒一個和她要找的人相像，她也感受不到氣場。

她找了靠後的座位安頓下來，開始一個人的旅程。

——巫眞是想太多了，或者，想太少了？

要是那男人的眞正目的就是要汲取自己氣場的話，自己可就孤立無援，即使巫眞還有其他支手機，可以打過去告訴他自己的一舉一動，他也無法馬上趕過來。他擁有超能力，但不是瞬間移動的超能力。

如果可以挑，她希望自己有一天能夠獲取這種能力。

她抽出手機，打電話給巫眞。他有另一支手機。「我上了公車，是88號觀光公車，但只有我一個人上車。」

「才妳一個？」他驚問：「妳怎麼不讓夜神月跟妳一起？」

「不是我不讓，而是那男人不要夜神月上車。」

久久聽不到巫眞答話，方圓不免緊張起來，問：「你還在嗎？」

「我只是在想，他在打什麼算盤？我們三個現在分散在不同地方，可以被他各個擊破。」

「夜神月不用被擊破就已經是廢人。」她不客氣道。

巫眞的心思沒在這句裡打滾，只道：「那人只是和我們打心理戰，要我現在追趕在妳後面。我們不能中計！」

「如果他眞正目標其實是我的話，你就再見不到我！」

「可是，萬一他來我家的話——」

她氣炸了，逼問：「劍和我，哪個對你比較重要？」

「當然是妳！」巫眞乖乖投降。

她聽到巫眞這句話，才發現他們剛交換了愛情故事裡常見的對白。

「告訴我這公車的車牌號碼，我騎機車去找妳。」巫眞又道。

她準備報出車牌號碼時，沒想到有人從背後搭上自己肩膊。一股奇怪的微溫在肩膊上散開，但很快就消失了。不用那人說明，她料到對方已在自己身上種下字鬼。

「手機沒收。」男人以勝利者的語氣道。

61

「喂！喂！」巫眞聽到掛斷的聲音，萬萬沒想到事情變化會和自己的想法不一樣。

難道自己眞是想太多了？聰明反被聰明誤！

巫眞剛下了公車，衝回家裡，立刻騎上機車。雖然不知道方圓搭乘的公車是什麼車牌號碼，但起碼知道是88號，只好一輛輛追過去查看。反正，他可以感受到方圓的氣場。

62

巫眞心急如焚騎車絕塵而去後，一個男人從對面馬路走去巷口，如鬼魅般無聲，也沒有表情，不顧黑白無常和其他貓的奇異目光，鑽進巷裡，再用萬用鑰匙打開大門門鎖，登堂入室進入巫眞的房子裡，毫無困難找到掛在牆上的劍。

男人從背包取出一大塊像長桌布般大的黑布，手隔著黑布來把劍取下來，最後又把劍包得密不透風，不發一語，頂著群貓的目光，又馬上如鬼魅般靜靜地離開。

拿破崙和十來隻跑得最快的貓輩組成跟蹤部隊，跟在男人後面。在他登上公車後，繼續在後拔足狂奔，也幸好這些公車都開得不快，加上交通號誌和停靠站，讓牠們不必多費勁就追得上。

三個站後，仍有半數的貓追得上。

男人下車時，拿破崙深感不妙。男人走進一棟人來人往的建築物，牠見狀只能裹足不前。

「爲什麼我們不追上去？」成吉思汗問。

「這個四面大樓呈圓環狀的地方，」拿破崙向其他三隻貓展示附近的環境，「巫眞說過是台南火車站，可以把人送去很遠很遠的地方。我們可以跟著男人一直走，可是就無法認得路回來。」

「就此放棄嗎？」亞歷山大不甘心地問。

拿破崙道：「我也不甘心，但這裡就是我們貓輩的天涯海角，不能再追下去，要回家報告狀況。」

「不行，我要追過去。」成吉思汗舉步，卻被拿破崙阻止道：「就算給你追過去，你一隻貓去到陌生的地方，遇到當地的角頭，怎麼全身而退？」

63

機車上的巫眞已經找到第三輛88號公車了，馬上加速越過。他要比這車早到下一個站牌。

這時車已開到離咖啡光廊很遠很遠的新光三越。

發現前兩輛車上不見方圓的芳蹤時，他一顆心早就亂跳到近乎失序。

他恨自己自以爲是，不知道後果會變成怎樣，也不敢想像。

他把機車停在站牌旁，揮手把公車叫停。

車門打開後，他等爲數不多的乘客下車後才上車，對五十出頭的大叔司機道：

「我要找人。」

司機攤開手，很和氣道：「別太久呵！」

他視線開始在車廂裡掃視，很快就完成任務，這上面的乘客沒一個年輕女子。

但他仍不甘心，走進去好好細看，只找到一個不到十歲的女童倒在座位上睡覺。

最大的發現，不過如此。

他返身回到車頭時，掏出手機，打開方圓的大頭照給司機看，問：「有見過這女生嗎？」

司機把手機接過，脫下眼鏡，「哎呀！這正妹，應該在兩、三站前已經下車。」

「你確定？」巫眞的心跳加速。

「這麼漂亮的女生，我當然不可能忘記。」司機把手機還給巫眞，又壓低聲量，「可是呀，少年仔，她和一個男人一起下車，不過放心，那人用頭髮遮著大半張臉，肯定沒你來得帥。」

巫眞心跳又加速，那正是他要找的男人。原來，竟然，在公車上，而不是去自己的家裡！

「他們去哪裡？」

「我怎麼知道？我只管開車。」司機答得理直氣壯。

巫眞答謝了司機，下車後，騎機車循原路回去，希望在站牌附近可以找到人提供線索。方圓的漂亮起碼有一個好處：大家都對她印象深刻。

64

回到方圓還在公車時。

那個頭髮掩去半張臉的男人和她保持兩顆頭的距離逼視她，不僅讓她看清楚他臉上如鬼魅般移動的黑影，也讓他看清楚自己強作鎭定內心卻驚恐不已的臉。她也不禁想起尼采的經典名句：「當你注視深淵時，深淵也在注視你。」

「小妹妹，下車了！」他說。

方圓沒有反抗，也無法反抗，便乖乖隨他下車。她打從心底知道這是字鬼在作祟，只是不知道自己頭頂上是哪一個字。

下了車後，男人又道：「你們眞以爲可以接近我而又不被字鬼感染嗎？只要妳有名字，就一定會被字鬼侵襲。」

沒錯沒錯。方圓心想，打從她進入公車，就已被字鬼感染，所以也像早前巫眞那樣被蒙蔽了心眼，感測不到字鬼的妖氣。

他叫了輛計程車，偕方圓上去後，告訴司機一個很遠的地點，確保不會在路上和追來的巫眞擦身而過。

而打從她被字鬼感染起，她在椅背上、路上、招牌上看到的每一個中文字都像有生命般跳躍，蠢蠢欲動，像要隨時撲出來把自己推倒一樣。

她想起初學倉頡輸入法時，每看到一個中文字，都會思考該怎樣拆字、會變成什麼倉頡碼。要是想不到，回家後就上網查倉頡字典，非要把每一個字的倉頡碼弄清楚不可。不管是在學校、餐廳、公車上都一樣，甚至連夢裡也是在拆字，簡直是強迫症。那個情況持續了一整年才逐漸消卻。

如今的情況也類似，她被迫思考著見到的每一個字附體後，自己會有怎樣的變化。「圓」字的問題還不大，「方」字筆畫少，抵抗能力弱，而且還是部首，很多字都能搭上來。她見到的字愈多，愈驚心動魄。

加「攵」字變「放」，她會放開自己？還是放棄自己？

加「人」跟「也」字變「施」，她會把所有財產和家當布施給人家嗎？

加「人」跟「疋」字變「旋」，她會變得腦袋天旋地轉，還是自己不停自轉直到力竭而死？

可怕的事情，不一定要見鬼。光是想像很可怕的事發生在自己身上，也足以教人膽戰心驚。想像力愈好，愈感到可怕，愈感到絕望！只要有個中文名，就一定會被字鬼侵襲，無法免疫！

65

巫眞已連續問了三個站牌附近的人，沒一個見過方圓。附近也不見有貓，他找不到特別助理能幫上忙。

斜陽快要西下，天色快要變得昏暗，街上的人逐漸疏落，而他卻還不知道她的下落，也不知道那個長髮男會怎樣對付她。

都怪自己自作聰明。

他突然想起，自己其實有對方的手機號碼，爲什麼不直接打過去聯絡對方？媽的，怎麼方圓不見了，自己就變得超笨？

他抽出手機，仔細在腦裡編寫台詞。

就算要自己放低姿態也好，投降也好，甚至交出天命劍也好，只要對方願意馬上放方圓回來，一切都ＯＫ。

只要方圓回到自己身邊。

方圓不是他的家人，卻是與他心靈很親近的人。他發誓一輩子都要保護她，不能讓她受到傷害。

他不再多想，撥了過去。

不管方圓如何反對，他都不願再去追查這些奇怪的案件了，那些事與自己無關，爲什麼要蹚那些渾水？而且還要禍及身邊的人。

方圓，爲了妳，我願意放棄一切！包括我的異能！

可是……他媽的那號碼無法打通。

66

男人帶著方圓回到租屋的家門口時，已經有個年輕男子在那等待自己，眼神一如鬼魅，手上拿著一把用黑布包裹的東西。

男人沒向他打招呼，取過東西後，便領兩人上樓。

進了公寓的大門，男人迫不及待解開黑布，取出今天的禮物。

一把看來尋常普通的劍。

原來，寶劍也不過如此。

他用黑布把劍包回去，從隨身的背包裡取出天書，壓在黑布和劍上。

不知這書吸了劍上的能量後，會有怎樣的變化？

目前看來一點反應也沒有，沒有發出聲響，沒有發光，沒有氣場流動，什麼都沒有。

也許，這個過程是靜悄悄的，不好教外人知道，就像工廠非法排污，總是神不知鬼不覺。

隨他進來的兩人坐在沙發上，一言不發，身體僵直得像木頭人似的，一雙雙眼睛仍然靈活轉動，像靈魂被囚禁在自己的肉身裡，沒聽到主人的命令，也就不敢亂動、不敢造次。

他從冰箱裡取出冰紅茶，慶祝自己用奇謀妙計來盜取這劍。

他打從一開始就決定要偷劍，如果叫巫眞帶出來的話，他一定一百個不願意。他甚至不能提及這把劍，只好約這女的和胖子去等自己。

不錯，巫眞會跟蹤自己，但有姓方的這女子在手上爲人質，和天書的妖力加持，他絕對奈何自己不了。

只要把人調開，或引到自己身邊，另一條戰線就好辦了。

他在臉書上開了個帳號，從另一個小正妹的帳號處偷了些照片，當成是自己的，去結識了好幾個住在台南而且名字上有「又」字的二十來歲男生，約他們出來。

那些年輕小伙子大概忘了「色字頭上一把刀」的說法，二話不說就答應，當場就被「女」字字鬼感染，成爲任由他使喚的「奴」。

沒有人可以提防字鬼、對抗字鬼。字鬼防不勝防。

這奴就在沒人看守的情況下，大模大擺地直搗黃龍，去巫眞家把那劍取出來。既然是神劍，巫眞一定是放在顯眼處好好供奉，不難找到。

就在他仍然陶醉在剛才的勝利時，天書竟自動打了開來，還發瘋似地翻動紙頁，在兩張書紙上又浮現一個個字出來。

此非神劍

非俺所要

非神劍？他可不知道是神劍與否，自己沒有那個鑑賞能力。但他又想，如果是神劍，也許會有氣場；而這把劍，顯然沒有。

他問那個「奴」：「客廳裡就只有這一把嗎？」

「是的，主人。」奴以溫馴的語氣道。

那應該不會弄錯，除非……男人又去問姓方的女生，「你們故意把劍調包的嗎？」

她面容掙扎了一陣，顯然是不想答，但有股不知怎樣的力量逼她作答：「沒錯，他一早就識穿你的詭計，幾乎是分毫不差地料到。」

「媽的，那小子一點也不簡單。我太看小他了。」男人咬牙道：「幸好，我有兩手準備，一早設計了後備方案，還有妳這張王牌在手。他會像妳一樣乖乖聽話的。」

方圓一雙眼睛睜得圓圓大大，狠狠瞪著他，卻沒有多話，也沒有發作。

67

巫眞帶著失意回到巷口時，黑無常叫著他，說：「有男人來過。」

「來過？」巫眞以爲那男人是和方圓在同一輛公車上，又或者，是來了巷子後才去搭公車。

白無常接力道：「對，不過，和你說的不一樣，他的頭髮沒有遮住半邊臉，而且身上只有很微弱的妖氣。」

「這就怪了。」巫眞暗暗吃驚，但很快就想到答案：「大概他找了幫手。」

「這我們就不知道，他也果然拿了假劍，搭公車走了。」黑無常說。

「是哪一邊的公車？水果店門口還是對面？」

「水果店門口。」白無常答。

「那是往台南火車站的方向。」

是哪一路公車，貓輩可看不出來。可堪告慰的是，巫眞的推理沒錯，果然有人來盜劍。只是道高一尺，魔高一丈，雖然自己有了防備，可是沒想到對方留有後著，並把方圓拐走。

可恨呀！他寧願反過來，讓真的天命劍被取走，方圓平安無事！

方圓……我對不起妳，以後我再也不讓妳以身犯險！

「拿破崙、亞歷山大和成吉思汗等率領了十幾隻貓追在後面，等下就會有消息。」黑無常安慰道。

巫眞謝謝黑白無常和其他貓的幫忙後，登上三樓，把眞正的天命劍從床底下拿出來。不錯，劍還在他手上。當日他殺了樹妖後，以爲可以殺遍天下的妖魔鬼怪爲民除害，萬萬想不到世上居然也有天命劍斬不了的妖。

他哪想得到世上有字鬼這東西？

他可以想像即使帶劍去找那男人時，大概還沒上樓，自己就已會被字鬼感染，自願把天命劍雙手奉上。

他再用手機撥那個號碼，仍然打不通。

此時外頭的貓一陣哄動，巫眞衝到巷外，原來那些追出去的貓陸續回來了，但仍不見拿破崙和成吉思汗的蹤影。

「我們都耗盡力氣了，」阿基米德幾乎喘不過氣來，「拿破崙非常厲害，回來後好像不用休息，馬上又出動追車。」

「你快去喝水吧！」巫眞輕撫牠的頭，阿基米德找到水盆後，當即低頭飲水，連吸了好幾十口。

亞里斯多德接力道：「拿破崙牠們一路死追在公車後面，追得很緊，跑到老遠，最後我們連牠們的影子也看不到。」說罷，也衝去水盆邊，像快要渴死似地拚命喝，又或者已經渴死了，所以化爲厲鬼後更要大喝特喝。

巫眞看著這八隻貓圍著水盆喝水，心疼不已。就是因爲自己計算錯誤，不只方圓被拐，連自己的貓也幾乎渴死。

看著看著，又有些貓陸續回來，但仍沒發現拿破崙、成吉思汗和亞歷山大，牠們想必追到很遠的地方。天！牠們會不會像拿破崙上次那樣，再遇上角頭的麻煩？

就在他頭痛時，手機響起來了。

是那個男人的手機號碼。

他主動打來了。

巫眞沒料到對方有此一著，根本沒有心理準備，只好深呼吸了一口氣給自己壯膽後接聽。

「小子，眞有你的，」熟悉但並不親切的聲音道：「居然擺了我一道，害我白走一趟。」

「白走的不是你吧！」巫眞言下之意在告訴對方，自己知道他的一舉一動。

「沒錯，我沒有白走，你有嗎？」對方乾笑道。

巫眞不知該怎麼回應這一句，只好改變話題，說出心中所想，「你快放了我女……」不是女友，卻也不是一般的女性朋友，兩人目前正處於曖昧不明的尷尬時期，很難向外人說得清。

對方不知道箇中的複雜情況，「哈哈，放心，你的小女友好好的，不過，再過幾個小時後就難說了。」

巫眞急道：「你敢對她亂來的話，我不會放過你！」

「今晚九點，把你的寶劍拿過來，用劍換女友。」對方的條件並不教巫眞感到意外，「你有賺呀！」

巫眞看時間，現在已經是七點，只剩下很少時間能讓他準備，更別說思考出好的應對方法。

「這麼晚？」

「你怎麼會說這種話？你不想盡快把你的女友抱回家好好親熱嗎？」對方開了玩笑後，又換嚴肅的語氣說：「我沒有耐心等到天亮，午夜十二點前就要解決一切。你過來保安路一段，附近有家seven——」

「那好遠啊！」巫眞還沒說完，已被掛斷。

顯然，對方要快刀斬亂麻，速戰速決，不讓自己擬定反擊計畫。

話說回來，那個地點眞的好遠好遠，就是騎機車過去，起碼要半個小時。

雖說只要有貓，自己就有幫手，但有些貓並不給自己面子。巫眞並不熟悉那個地區，簡直舉目無親。當地的貓根本無法提供線報。

看來，這次只有老老實實把天命劍拿過去，希望對方不食言，眞的會釋放方圓。劍只是身外物，方圓才是他不可割捨的。即使她曾經大過肚子，但他相信她做的一切，一定有她的理由，即使是眞的，他也願意去問。

可是，萬一那男人食言怎麼辦？

以方圓不認輸的烈女性格，即使成爲人質，也會寧願他想辦法和男人一決雌雄，而不是乖乖拿劍來換回自己。要是她咬舌自盡，也不足爲奇。

巫眞過了好久好久，才想起另一件很重要的事。

他忘了把夜神月從街上領回來！

由他吧！他這麼一個大塊頭是不會死掉的，一定會有人送他回來。

他既無法除去夜神月身上的字妖，還讓方圓落到敵人手上，他覺得這天的自己非常失敗。

也許，只有那些名字筆畫很多很複雜、無法分解的人，才能對字鬼免疫。可是時間緊迫，他從哪裡找來這些人？就算找到，又如何在三言兩語內說服他們幫忙？

時間一分一秒過去，他仍苦無良策。

這時，外頭一陣哄動，百貓狂呼，應該是拿破崙、成吉思汗和亞歷山大回來了。

68

男人望著坐在沙發上的兩個木頭人。他不會帶著他們到處走，多一個人就要多花一塊錢。今晚就要和他們道別，但在此之前，要好好利用他們的剩餘價值。

他先走到那姓方的女生面前，好好端詳她的臉。她眞長得漂亮，遠不只是正妹那種簡單和膚淺。即使面無表情，靈魂之窗裡仍然有眼波流動，眞是倔強，表示她不願服從。強大的鬥志使她更漂亮，教他心生佔有她的衝動。

可是，把天書傳給他的人說過：「持有這本書的人，絕對不能近女色。」

「爲什麼？我又不是練童子功！」他那時不忿道。

「和童子功無異。你用的是字鬼，是象形文字。這個『女』字，本身就是一個女人的樣子，有頭，有手腳。『女』字本身就是一個部首，所以，女人比男人更容易感染字鬼。」

那人寫了「女」字歷來的變化，又道：「你要用字鬼，就要熟悉字源。就像賣魚的，要認識不同種類的魚的特性。」

「這可解釋不了爲何不能近女色？」

「總之，你不能接近就是。」那人最後就以這麼一句來搪塞。

男人雖仍不明所以，但也不敢犯規，說不定這只是持有天書的人一代代傳下來的規條，並沒有理由。也許因爲持書者身上有不知多少的字鬼好強化自己的能力，若和女人陰陽調理，不就陰陽交錯？萬一陰差陽錯，讓字鬼和女人身上那個「女」字連起來，就不知會意外構成怎樣的字出來！畢竟，「女」字旁的字還眞多，而且很多都是很不好的字，對女生很不敬的字。即使和女生無關，也會把「女」字拉進去。

奸，奻（吵架），姣，奴，怒，嫖，妃，妾……

雖說和古代中國是父系社會有關，但眞不知當年倉頡造字時心裡是怎麼想的。

男人想到這種種，再認眞注視眼前這個正妹。她算是自己見過最漂亮的女生之一，白天見到她時簡直可用「巧笑倩兮，美目盼兮」來形容。她雖然容貌出眾，但仍不值得犯險。幸好她沒有向自己拋媚眼施美人計，否則自己很有可能把持不住。

幸好她感染了字鬼，不會和自己調情，不用擔心她用輕聲浪語發動攻勢。

男人彎下腰問：「妳覺得妳男友會乖乖把劍交出來嗎？」

「他……」

方圓想否認他是自己男友，但不知怎地，和問題無關的話，她一個字也說不出來。她體內有一個強大的力量強逼自己乖乖聽話，不容撒謊。「他不會輕易妥協，一定會想辦法對付你。」

「那妳覺得他會怎樣對付我？」男人針對她的弱點，要發掘對付巫眞的方法。

「他會把劍帶出來，把你殺掉，再把我帶回去。」她的眼神透出殺意。

「他可以怎樣把我殺掉？在這之前他就已會被字鬼感染得死去活來、任我擺布！」他不禁失笑，用鼻孔狠狠噴出一口氣，「我也很想知道答案。」

他又走到那個「奴」前。相較之下，年輕人的瞳仁裡只有恐懼，多到滿瀉。

男人彎腰，思考了一陣後才道：「我沒有話跟你說……不，我想到一句了——這世界沒有飛來艷福這回事！你看太多偶像劇了。」

69

「交易地點」在男人的老巢附近，早在八點半他就倚在窗邊，居高臨下視察附近環境。

這裡非常僻靜，即使才八點就已人煙稀少。他本來對這裡並不熟，但每在一個地方住下來後，他都會仔細研究附近好幾條街的布局，思考逃生之路。

有時，他覺得那一條條街就像是一筆一畫構成的一個個字。媽的，他覺得自己其實也感染了字鬼，把很多尋常的事情都看成是字！簡直病入膏肓！

一輛大貨車在路上經過，發出隆隆聲，然後穿入看不到的街道，那聲響最後突然止住，車子在他無法判斷的方向停了下來，大概是送貨到便利商店吧。

巫眞不可能搭貨車來，他不可能沒有機車吧！

一輛藍色機車出現了，就停在指定地點旁邊。這看來比較像是自己期待的人。

對，是這傢伙了。他還揹了一把長長的東西，用黑布纏好。

眞有趣，用了黑布，那把劍的神力就無法發揮，也無法鎮住天書，可以省下自己不少麻煩，實在湊巧得很。

他轉念又想，用黑布纏著劍，天書同樣也無法隔空知道劍的眞僞！

情況比他想像中要複雜。那小子可能使詐！正妹沒說錯，這巫眞不會輕易服輸，一定會想辦法來對付自己。

巫眞下了車，脫下安全帽，露出頭髮被剃得一乾二淨的腦袋。樣子還算長得不錯，那雙像貓眼的眸子在白天時看得不清楚，如今在夜裡反而看得實在，簡直像放電般掃視四方。

他一個人來，沒有找援手，大概以爲憑一個人的意志，加上劍，就可以如那女的所說，把自己打敗，英雄救美帶她回家。

想得美了。不是所有故事都會大團圓結局！

距離九點還有十五分鐘，這小子還眞準時。

只要一個「頁」字，再加上「疒」部，他從此就會瘋「癲」不已。這兩個字鬼仍然在天書上。

是時候下去和他一決雌雄了，不，是去收拾他。

男人再三確認背包裡的天書攤開來沒有闔上。他把書夾在兩本雜誌中間，再用一條繩子把這疊東西綑綁起來確保不會移位。只要有天書在身上，進入他方圓十步內的人都會被字鬼感染。

男人把尿放盡後才獨自出門。

那姓巫的小子把劍握在手裡，保持一副警覺性高的防守陣式，見到他時，改變握劍的方式，像要隨時持劍衝上來把他擊倒。

這就是這小子給他打的招呼。

「方圓呢？」巫真劈開就問。

「劍給了我後，你就能見到她。」男人開出條件。

「我信不過你，把劍交給你後，你還是可能不把她還給我！」

男人嘴角微微上揚，「我也信不過你，她在這裡，你就會拿劍砍我！」

巫真聽了，一句話也答不出來。男人早就從電話裡知道這傢伙沒有口才。他現在大概在盤算應變之道，但似乎太遲了吧！

這也好，男人寧願面對的是驚慌而不知所措的兔子，而不是勇猛無比的獅子。正妹剛才嚇他，這男的根本有勇無謀。

他見巫眞仍然沒有反應，再出招。「你不把劍交給我，這筆交易就取消。劍你可以留著，那女生，我也給自己留著。」

巫眞終於發怒，「你敢？」

「我當然敢，」男人冷笑，「也許你會覺得手上這把劍比那女生重要得多。這些話我可以不告訴她，我可以告訴她說你沒來，又或者，你要我替你掰個藉口嗎？」

巫眞先是和他對視，最後垂下頭，時而望著那把劍，時而望著地面，久久說不出一個字來。

他一定會投降的，一定！男人自信滿滿地心想。這小子太年輕了，根本無法應付他。

果然，巫眞最後把劍舉前。

「劍你可以拿去，不過，你憑什麼叫我相信你拿了劍後會放人？」

「你保證嗎？」巫眞又道。

男人向前踏出一步，緊盯著巫眞瞳仁的變化，先是慢慢放大，接下來很快收縮，像是放煙火般。一雙眼睛最後異常呆滯。

男人笑了笑。保證嗎？當然不會有。他只下令道：「把包劍的黑布拿開！」

巫眞聽了，沒有多話，也沒有反抗，只是乖乖遵命，比電視連續劇裡做錯事的老公更聽話——他解開紮布的繩子，任由其掉到地上，再快速晃動長劍，把黑布甩掉。站在這麼近的距離，連男人也感受到劍氣了。但即使劍已擺脫黑布的束縛，劍氣仍然非常微弱，唯一的解釋，就是劍尚未出鞘，所以氣幾乎全被封鎖。

「把劍拔出來，只拔兩寸。」男人又下令。

巫眞再次乖乖聽話。男人可說是全神貫注，盯著那個劍身破暗而出，釋放教他感到寒意的光芒，以及如同火山爆發般湧出的劍氣。

他深怕巫眞會突然回復清醒，踏前劈出一劍，讓自己的頭腦分家，或讓自己腰間一涼後斷成兩截。

他感到背包開始震動，嗯，連字鬼也感到懼怕，這也難怪，這把劍確是具備教人心膽俱裂的能力。

巫眞不知道自己心裡的恐懼，仍然站著不動，沒有將整把劍拔出來，也沒有把劍收回去。如今他已失去靈魂，只能聽命行事。

「把劍收回。」男人下令，「用黑布纏好，再用繩子束起，像剛才一樣。」

指令非常清晰，巫眞也一一執行。

「把劍伸前，慢慢走過來。」

男人繼續下令。即使巫眞已中了字妖，男人仍不想讓他靠得太近。

巫眞一如指令裡所說的，把劍伸前，慢慢向自己走過來，男人在劍進入可觸及的範圍時，出手一把攫取。

可是巫眞沒有放手，仍然緊緊把劍握著。

他抿起嘴，眼睛雖然無神，但細看之下，瞳仁裡還有一點死心不息的火焰，即使非常微弱。

男人不爲所懼，巫眞此時只不過是他的傀儡。

「放手。」

巫眞眼裡的小小火焰，像被風吹般左搖右擺，最後終於熄滅。

男人將整把劍搶到手上，沒想到這把劍比想像中要來得輕盈，而且有教人揮舞的衝動。他也隨心揮動了幾下。

「你回去吧！」

男人下達今晚最後一個指令，目睹巫眞像喪屍般踱回他的機車。

男人沒有耐心也自認沒必要目送巫眞騎上機車離開，馬上一個人回去民宿。

這一帶晚上實在僻靜，別說難找車子離開，也見不到其他人，所以他挑的地點離民宿沒多遠，只要走幾分鐘就會到。

他穿過大門口，踏樓梯登上三樓，順利返回這個暫住的小窩，一切都非常順利。沙發上的兩個人只能眼巴巴看著自己凱旋歸來。他不介意那奴，他什麼都不是。倒是姓方的，她早前說的話現在就教他覺得好笑。

男人彎下腰注視她。

「妳說他會把劍帶出來，把我殺掉，再把妳帶回去。剛才是他說會乖乖把劍交給我，只要我不傷害他。另外，有一點我不知道應不應該告訴妳。」見她眼珠轉過來，望向自己，他便壓低聲音道：「他沒跟我談起妳。」

她眸子裡亮過一抹懷疑，但很快就變成不安。

「他不要妳沒關係，妳以後可以跟我。放心，他怎樣對妳，我會比他好上一千倍。」

男人沒有放棄要佔有她，也許，天書吸取了劍氣後功力大增，可以讓他接近女人。他可不願意為了字鬼而過太監般的生活，他已經憋了很久。

有些女人以楚楚可憐爭取男人的歡心，有些女人用媚功。這正妹則以她倔強的眼神來表現自己的個性與眾不同，好激發男人的征服慾。

她渾身散發教他難以抗拒的誘惑，那叫費洛蒙。他不能再等下去。什麼不近女色，他不管了！

他打開大門，叫奴出去。

那個彷彿沒有靈魂的肉身離開後，男人用力關上大門，對她說：「去躺在床上。」

她站起來，一雙腿即使不想動，但最後仍舉起，慢慢地走過去床那邊。

他一邊脫衣服，一邊緊盯她嬝嬝的背影。

這麼正的女生，這輩子他還沒碰到多少個，今天一定要好好享用。

他脫掉上衣，準備脫褲子時——

喵！喵！喵！

——沒想到窗外傳來一陣貓叫聲，大概是貓兒叫春吧！

他聽到身後有什麼東西掉到地上，猛回頭，只見一隻虎斑貓站在後面，看來就是牠跳了進來！

這畜牲還眞大膽，居然敢進入人類的家裡，又或者以前就是住在這？

雖然他不熟悉貓，不了解牠們的身體語言，可是從眼神來看，這貓對自己抱持敵意，還發出不尋常的聲音。

他記得上次和貓有近距離接觸時，就是和巫真的灰黑貓。那貓跟在自己後面返回住處，才教自己不得不更換居所。他又想起巫真的住處養了很多貓。這貓會不會是其中之一？

巫真不可怕，可是他的貓好可怕。那些貓像人一樣懂得思考，懂得調查，懂得找破綻。

不，不可能，巫真的家離這裡太遠，那些貓不可能走過來，至少在兩小時內絕不可能。即使走來肯定也累死，像赤壁之戰時曹操的大軍即使南來，也已是強弩之末。

他想起剛才那輛大貨車。說不定，這貓是搭貨車來的！

才不過一隻貓。男人安慰自己，沒什麼好擔心的！

這時又有一隻黑貓從外跳進來，那雙眼睛不只有敵意也有殺意。牠上下打量男人後，又發出一下長長的叫聲，一種類似狗嚎的喵聲。

就像愛倫坡的小說裡所寫，黑貓是不祥的，不，貓是不祥的。他要盡快把這兩隻小畜牲趕走，取過長劍，朝牠們揮動。

兩隻小畜牲閃得很快，下竄上跳，教他怎麼也打不到，而牠們不管怎麼轉來轉去，就是不從窗口離開。

他愈來愈覺得這兩個東西很不簡單。牠們不是普通的街貓，而是衝著自己來。就在這時，戶外的貓也像狗般，一犬吠日，百犬吠聲，教他感到心寒。

在外頭叫的貓到底有多少隻？

他不及細想，只見一個個黑影從窗外躍進，落入客廳裡，他還沒開始數，便發現貓的數量一下子多到數也數不完的地步。貓的騷味已攻進他鼻子裡。

群貓懷著敵意注視自己，像要隨時發動攻擊。

這些應該全是巫眞的貓，要爲牠們的主人復仇。他感染了字鬼，但牠們卻不怕。牠們也許有名字，但不是人，不會被字鬼感染。天書就算可以教全台灣的人感染字鬼，也對牠們無可奈何！

可是，他怎麼會想到貓會對付自己？

男人用力揮動長劍，希望可以驅走牠們，可是牠們的數量太多了，少說有三十隻。雖然是貓，走起路來的姿勢卻像獅子。他就像隻獵物獨自面對整個獅群。群獅散開，在他身邊走動，不管他怎樣揮劍都有貓能從背後偷襲。他很快就發現原來牠們已布下戰陣，自己已無法逃出生天。

群貓同時發出教他肝膽皆裂的叫聲後，從四面八方撲出。本來是他打算把那女的撲倒的，沒想到還沒得手，自己反被一群貓撲倒在地。他本來以爲只不過是貓，應該可以把牠們輕輕打發走，沒想到牠們數量龐大，佔據有利位置教他無法用力，也無法動彈。

不，他的頭還可以動的，勉強能看到，或者說，猜到牠們的一舉一動。

那些貓——現在他肯定牠們是亚亩的貓——很聰明地先把劍從黑布裡解放出來，而且還把劍從鞘裡抽出，亮了一大半，登時室內就現出教他感到心寒的澎湃劍氣。接下來，牠們解開他的背包，抽出那本書，把它從雜誌裡解放出來，再把書闔上。一隻看來特別胖的貓坐在書上。

書的妖氣一下子就消失無蹤。

可是，這又如何？這只能讓外人接近時不被字鬼感染，而那正妹身上的字鬼仍然無法被除去。

與此同步進行的，是他聽到自己鑰匙串的聲響，從茶几轉移到窗口，最後消失。

沒多久，有人轉動大門的鎖頭，當然是用他的鑰匙。

打開門的是巫眞，一臉殺氣，但殺氣很快就消失了。

「你怎麼破解我的字鬼？」男人衝口而出問，身體仍然被貓壓著。

「一個『口』字加『竹』部，有什麼難搞的？」巫眞不屑地道。

巫眞被字鬼感染後，會變成「噬」。「噬肤」指犯罪受刑的人，自然也會乖乖聽話。

那他怎麼變成安然無事？

男人很快就知道答案了——書店老闆貝貝在巫眞身後出現。

這個推理題不難解答。巫眞早就把破解字鬼的招數教了給貝貝，剛才就是貝貝幫他除妖。

貝貝懂的字很多，其實也不用太多，只要用手機上網查就知道，用一個「羅」字，就可以把「巫」字從「噬」字釋放出來，讓字鬼結合爲「囉」字！

即使這是個方言字，是「囉」字的異體字，解作「歌助聲」，但仍然是一個字，足以把字鬼除去。

早知如此，就該狠一點給巫眞下個難以拆解的字鬼。

「你先故意把劍給我，好找出我的住處所在？」男人問。

「沒錯，沒想到你很好騙！」巫眞邊笑，邊走到方圓旁邊，這時她已站在床邊，但沒有動作，等待指示。

「我太輕敵了。」男人自怨自艾說。

巫眞沒有回答，只管問：「她中的是什麼字鬼？」

「你有本事，自己找！」男人氣說。

巫眞回過頭來，「你最好和我合作，不然我把字鬼種在你身上，你的日子就不好過了。」

男人本來不怕他，但形勢已經改變了，「她中的是個『戌』字。」

「怎寫？告訴我就行了。」巫眞沒有放下戒心，「我不會讓你用筆寫出來的。」

「很簡單，就是『威風』的『威』，不要底下的『女』字。她自己就是女人了。」男人趁機賣弄自己的學問，「這個『威』字，本身有威嚇的意思，是古代女人被兵器威嚇之意。」

巫眞沒有說出「原來如此」之類的話，反而直入命題問：「怎麼給她除妖？」

「給她一個『水』字，再加一個『火』字即可。」

巫眞反應很快，道：「加起來一共八畫，結果就是『滅』字。」

「對，我告訴你了，你快放了我！」

男人以哀求的語氣道，但巫眞沒理他，沒多久，就聽到正妹說：「連老娘的主意也敢打，你這混蛋不想活了！」

她氣沖沖地出現眼前，從動作來看似乎想踹自己一腿，只是群貓仍壓著自己不走才無法成事。

如今三對一，不，應是三十甚至四十對一，天書在對方手上無法發揮功用，這回自己大敗收場、一敗塗地，實在始料未及。

巫眞湊過來時，男人這才好好看清楚他的臉。這年輕人一臉聰明相，像是那種做事會做沙盤推演，確保萬無一失的軍師型男人。

也許，向這種人出手，從一開始就是個錯誤。

「你臉上的胎記到底是怎麼一回事？」巫眞以盤問的語氣說：「別告訴我這是特大號的字鬼！」

男人沒答。

「你叫什麼名字？」

巫眞還沒說完，正妹已經自行翻他的錢包，摸出身分證來。

「這傢伙姓魏，魏德聖的『魏』。天！有個『鬼』字在裡面，你看！」她把身分證遞給巫眞看。

「魏以朗，」巫眞唸出這名字後，凝視男人的臉，「或許你也是受害者吧？」

男人繼續保持緘默。

「應該沒有比這更招鬼的姓。」正妹說。

「也沒有比這變成鬼王後更強人的姓。」巫眞說。

「難怪他這個樣子。」貝貝說。

「這個斑說不定就是他陰氣所在。」女的道，「怎麼除去？」

三人互相對視，但沒人知道答案，只好同時注視男人。

「當初你是怎麼知道我家裡有劍的？」巫眞提出直達核心的問題。

男人雙唇緊閉，這個祕密不能說出口。他想起一句不知從哪裡聽來的話：「人可以被擊倒，但不可以被打敗。」他寧死不屈。

女的抽起長劍，一臉凶神惡煞，劍指男人的褲襠。

「妳想幹嘛？」男人終於驚問。

「不合作的話，就切雞雞！」正妹咬牙切齒道，望向巫眞：「你不知道他剛才想怎樣對我！切十次也便宜了他！」

「他可沒有十條。」

就在巫眞失笑時，她發出一陣尖叫，用倒握的方式把劍高高舉起，再狠狠往下插，群貓見狀也不得不抱頭鼠竄。男人只能發出驚叫，即使用力把身子向後一滑，也不及劍勢來得快——

「啊！」

他被插中了，再也無法動彈，像掉在蜘蛛網裡的小昆蟲，只能等待布網的獵人過來把自己幹掉！

「你鬼叫幹嘛!?只不過是刺中褲管的布！」

巫眞一臉鄙視地說。貝貝吃吃地奸笑。

「再來就沒有這麼好運了。」那女的把劍抽起，準備再來一次時，男人舉手投舉，「好！我說，我什麼都說！」

70

一如姓魏的傢伙所說，只要把天命劍拔出劍鞘，即使巫眞翻開了天書，連方圓也感受不到天書的一絲妖氣。

「它眞是乖乖投降了嗎？」巫眞問方圓。她不置可否，倒是姓魏的那傢伙道：「相信我，它說過它怕你那把劍。」

那傢伙的背緊貼牆上，被數十隻貓一層又一層包圍。群貓全都站起來，張牙舞爪，發出刺耳的叫聲，像要隨時開戰的樣子。

巫眞覺得應該試一試這本書，問：「這魏以朗臉上會動的大斑，到底是怎麼一回事？」

書翻到空白頁，一個個字像從湖底冒出水面：

說文解字曰

人所歸爲鬼

從人象鬼頭
鬼陰氣賊害
從厶
凡鬼之屬皆從鬼

「不出所料，這團東西就是字鬼！」巫眞驚訝道。
「是特大號的呢！」貝貝也很興奮地道，魏以朗倒是繼續保持緘默。
「這個查古籍的功能很妙耶，比什麼平板電腦要強大得多！而且支援語音輸入和人工智能。」
大戰過後，方圓終於放鬆心情。
巫眞繼續問：「感染他的是什麼字鬼？」
紙頁上又浮出：「此『厭』字也。」
巫眞馬上發揮推理本領，「用這『厭』字，把『鬼』字從『委』旁邊拉出來，變成『魘』。」
「所以你常作惡夢？」方圓問魏以朗，他黯然點頭。

「如何破解？」巫眞追問。他不是沒有耐心推敲，而是「厭」這個字筆畫很多，有十四畫，還有什麼字可以從它手上把「鬼」字搶回來？

紙頁上又寫到：「點水在臂上寫一雞字。」

「『雞』字，爲什麼？」巫眞不明所以。

「別管理由，寫了再說。」方圓從廚房找出刀來。

魏以朗不明所以，只是用眼睛發出問號，「什麼事？」

「我們要用刀在你臉上刺個字！雖然你會因此破相，但從此就可以擺脫字鬼的箝制。」方圓對他說，一臉認眞。

「不行！一定有其他方法。」魏以朗拚命搖頭，最後跪倒，「你們饒了我吧！」

「饒不饒你，我們稍後再決定。」方圓轉頭對巫眞說：「你去吧！」

巫眞說好時，魏以朗一雙眼睛緊盯著巫眞，只見他走進廁所裡，很快又神祕兮兮地出來。

「你想幹嘛？」魏以朗急問。

「手伸出來。」

巫眞又講了幾句不知什麼言語後，貓陣開了一道缺口，好方便他進去。

魏以朗見機不可失，想往這缺口衝出去，不料好多貓跳起來撲到身上，自己失去平衡，立刻倒在地板上。

「媽的，痛死我了！」魏以朗痛叫不已，但群貓仍不顧一切衝上前按在他身上，教他動彈不得。只有右手跟頭露了出來。

方圓發出好幾聲冷笑。巫眞彎下身來，用點了水的手指，在他手臂上寫了個「雞」字。

說也奇怪，這個雞字很快就變成深黑色，而且逐漸變成一隻雞的圖案。

魏以朗看著一隻雞在自己皮膚上遊走，感到痳痳癢癢的，張口結舌說不出一個字來，更沒想到這雞沿著手臂一直爬到身上，再從脖子走到臉上，接近那個一路變幻的大黑斑。

巫眞和方圓加上一直不多話的貝貝，看著那雞朝大黑斑用力啄下去。黑斑很快就散成好幾塊，大部分都自動消褪，除了其中一片竟變成狗的樣子，和這雞在臉上你追我跑。

最後魏以朗咳了一聲後，臉上黑斑就一點不剩。

眾人目擊這一切，都感到詭異得不得了，久久說不出一個字來。

魏以朗雖然無法目睹自己面容的變化，但似乎心知肚明，大大吁了一口氣。

「到底是怎麼一回事？」貝貝終於不再沉默。

「我不知道。」方圓臉上仍殘留吃驚。

「我不確定是怎麼一回事。」巫真分析道：「但依我推測，那個『雞』字偷襲了『猒』字裡的『犬』字，引那狗出來打鬥，是爲雞犬不寧也。『犬』字離開後，『猒』字就無法再維持下去，自動崩潰，於是，那『鬼』字就被釋放出來，回到『委』字身邊。」

貝貝一時還沒消化過來，沒有反應。方圓眨眨眼，「天，簡直就像化學實驗般複雜！」

眾人同到那本書前，上面多了兩個字。

正解

「這本書你們拿去吧。」魏以朗低聲道：「我已經不再是它的主人。」

巫真望向方圓，她馬上知道他意思，便用力去感應被貓壓著的魏以朗，最後道：

「他身上已經沒有妖氣了。」

「不是說要用一千塊來做交易的嗎？」貝貝問。

「現在這書已經沒有主人了。」魏以朗苦笑，「又或者，這書才是自己的主人，而我終於重獲自由。」

71

巫真和方圓好不容易終於回到家裡，巫真的家。客廳。

書放在中間，攤了開來。巫真和方圓一左一右坐在旁邊，群貓以同心圓陣勢在外面圍了一圈又一圈。天命劍在上，以劍氣壓場罩著客廳裡的人、貓跟書。

「你到底是什麼東西？」巫真展開盤問：「你這本書不新，但也不算舊，不超過五十年歷史，即使放在台灣文學館裡也沒有保存價值。還有，別用文言文來跟我說話，要用標點符號，我是現代人。」

在這屋裡，只有他身邊的方圓能理解文言文。

書答：「俺，不，我們是字鬼。」

「這我們知道。」方圓不客氣說：「妖魔鬼怪不會無中生有，你是怎麼來的？」

「每一個中文字，都有其生命。幾千年來，有些字失去其本義，變成另一種意義，像『未』、『末』、『本』這三個字，一開始時，分別表示『茂盛』、『樹梢』和『樹根』的意思；也有些古字，如今已經不再用了，失去其生命，這些字的魂魄死心不息，一個個聚集起來，就是我們。我們等了好幾百年，仍然因底子太弱而無法成形，直到那個新文化運動，大家開始用白話文，才愈來愈多字被放棄，聚合在一起，我們才得以在一本線裝書上成胎。」

巫眞覺得這話算是他這輩子聽過最詭異的一段話，遠超過樹屋的故事。但到底是眞是假，只是字鬼的一面之詞。

他望向自稱能看破對方言語的方圓，她似乎也沒有把握，畢竟，字鬼沒有臉，也沒有手腳，眞正的想法不會被身體語言出賣。就像在網路上聊天一樣，單憑一張照片，你其實無法得知對方到底是男是女是老是嫩。

字鬼繼續道：「我們隨那本線裝書飄洋過海，來到台灣，大概是藏書的人死了後，我們依附的那本書被賣到舊書店，但仍然無人問津。書身上只有被書蟲蛀滿的一個個小孔，噁心死了！」

從字鬼口中聽到「噁心」兩字，巫眞覺得有點不可思議。

「我們從線裝書遷居到一本釘裝書，順利被人買走。過了幾年後，又走上同樣的命運回到舊書店裡，而且也賣不掉。爲了生存，我們只好又逃去新書裡，一本一本地逃亡。想到現在的人看的書和懂的字愈來愈少，我們怨念愈來愈強烈。他們有感的，只有自己的名字。所以，我們就想到利用他們的名字來發動攻擊，要讓他們知道文字的力量！文字不是死的，而是活的，特別是漢字，很多都是象形文字。每一個字都是一幅圖畫，鮮活地表現古人對世界的理解。不重視漢字，等於數典忘祖。」

巫眞和方圓這回是眞的面面相覷，有些話心照不宣。遠在好幾十年前，已有人說這是圖像世代，文字一直衰落，但大概沒人想到字會因此反撲，而且恐怕只有象形的中文字才會有如此荒誕不經的想法，用字母的文字肯定不會。

「如果你們要讓人家知道文字的力量，不一定要加害他們，」巫眞語重心長說：「這和體罰沒有兩樣，不一定能發揮阻嚇作用，反而還會教他們挑戰權威。」

方圓附和道：「對，你們應該讓他們知道文字之美，和文字改變人心的力量。」

字鬼翻到空白頁，用特大號的字問：

怎做？

「很簡單，」方圓娓娓道來，說：「讓鐵石心腸或冷酷無情的人，感受『心』的力量。教一輩子都活在黑暗世界裡的人，給『光』輝照耀。讓那些在死亡邊緣的人，獲得『生』的勇氣。」

巫眞沉思了一陣，把她的話反覆想了好幾遍，「天！妳說得眞好！簡直出口成章。」

「謝謝！我自問一向都很會說話。」方圓自信滿滿。

字鬼又翻到下一個空白頁，不像剛才一個個字快速浮現，這次是一筆一畫地寫出來。

好

從此，巫眞家裡的寶物，除了天命劍以外，還有這一本可以動用字鬼的天書。

72

又是花園夜市。

夜涼如水，巫眞向夜神月舉杯，等兩人都喝了一口酒後，巫眞問：「你眞的要回去台北？」

「我媽說替我安排了相親，」夜神月把手機畫面拿給巫眞看，「是不是不輸你的方圓呢？」

巫眞把照片放大來看，一下子放得太大，連毛孔也看得一清二楚。

「你要研究毛孔嗎？」夜神月嗆道。

巫眞把照片變回正常的大小。是個長得不錯的正妹，但離方圓還差得遠了。

話說回來，有什麼女生會正過方圓？

他懶得跟夜神月辯，只道：「這豈只是正妹，簡直是個大美人，足以教林志玲退避三舍，逃到大陸去。不過，等人家看上你再說。」

「一定會的，像我這樣能言善道機智幽默的男生，就是翻遍台灣也找不到第二個——」

「對，像你這種嘴賤的，別說台灣，就是把大陸和香港加進來，也不可能找到第二個。來，乾杯！」

73

第二天，和夜神月在台南車站道別後，巫眞去闖門書店，發現坐在櫃台的不是貝貝，也不是工讀生，而是一個沒見過的男人，約三十歲，戴了銀絲眼鏡，長相斯文。

「老闆呢？」巫眞問。

「我就是了。」男人很認眞地說：「開玩笑，你不認得我了嗎？」

「你是……」巫眞很快就發現這男人很面善，如果脫掉眼鏡，再用頭髮遮著半邊臉，「你怎麼整個樣子都不一樣了？」

「我也不知道，自從除掉字鬼後，我的臉很快就胖起來。又或者說，我以前的臉太瘦了，現在才變回正常。」

巫眞理解字鬼對人身體的變化，「可是你怎麼會在這裡？」

魏以朗推眼鏡，「我麻煩了老闆很多，所以來幫忙看店以作補償。對了，我也害過你和方小姐，什麼時候有空，我請吃飯賠罪。」

巫眞馬上拒絕，「不用了，我一時還接受不來。以她暴烈的脾氣，就更加不用說。」

「你們不接受我的改過自新嗎？」

「我們需要時間觀察。你現在可以證明你從良的第一步，就是在這書店裡辦活動。你因字鬼而學到了不少奇奇怪怪的中文字，應該回饋社會，教人認多點字，解釋字的來源。」

74

最後最後，巫眞反覆思量，他其實一直不相信方圓大過肚子，那很有可能只是自己被「言」的字鬼感染而「誣」衊她、誤會她。

眞相一定和他以爲的相差十萬八千里，在地球的另一邊。

他再次突擊去找她，靠鑽門而入來到她家門前。

門後又傳來她的哭聲。

「懷孩子的是我，生孩子的是我，痛的也是我。」她哭哭啼啼地道：「我會把孩子生下來。」

冰清玉潔的方圓，不可能懷有孩了。他決定按鈴。

門後的女聲馬上靜了下來，方圓打開門，但只留了一道窄縫，問：「你怎麼又不打電話就來找我？什麼事？」

她的語氣平和，臉上也沒有淚痕。

「我想見妳。」他說的也是事實。

「我現在不方便。」她語氣強硬，典型的方圓風格。

「有些事我一定要跟妳說。」

她露出難看的神情，「天！我現在沒有心情聽你告白！」

天，她完全誤會了，「不，我不是來告白！」

她略一遲疑，顯然也有點驚訝，但很快又變回冰冷，「那就改天再來找我。我很樂意和你逛夜市，和你到處玩……但今天不行。」

他以爲她會說「願意聽你告白」，但沒有，很是失望，「我想知道，門後面是不是還有一個女生？」

「你聽到了？」方圓保持冷靜。

一個女生在方圓後面出現，長相和方圓並不相似，年紀比她大得多，「讓他進來吧！」但聲音很像。

「可是姊姊——」方圓對她說。

「沒關係，他應該就是妳口中的男生吧！我也想見一見他。」

姊姊向巫眞展示笑容。苦澀的笑容。巫眞很快發現她隆起的肚子，明顯得很。

那天晚上，三人去了夜市吃飯，姊姊——其實是方圓的表姊——在酒水混合了淚水下講出自己的故事——怎樣在不倫戀裡糾纏不清，怎樣逃離了家來到方圓的住處避離，怎樣離開了又回來。很像八點檔，但不是八點檔。

難怪那時方圓不願離家去看自己，原來不是爲了做功課，而是要寸步不離姊姊，怕她做出傻事。

「沒想到，原來孩子還是我老公的。」姊姊喃喃說。

「妳怎知道？」巫眞問。

「我給胎兒做了親子鑑定，所以，我明天就會回家。」

隔天送姊姊離開後，方圓已迫不及待在火車站逼供，「你以爲大肚子的是我嗎？」

巫眞馬上求饒，「誰會想到妳家裡藏了另一個女人，而且聲音還會那麼像！說來說去，這都是字鬼惹的禍！」

「這和字鬼無關，你不知道我是怎樣的人嗎？」方圓面有餘慍。

「現在知道了，昨天更知道了。」

「昨天？和昨天有什麼關係？」方圓大惑不解。

「昨天姊姊說我是妳口中的男生，」巫眞覺得是攤牌的時候，「在妳口中，我是個怎樣的男生？姊姊知道什麼？」

方圓的耳朵開始發紅，從淺紅變暗紅，很快蔓遍整張臉。

巫眞發現她羞答答的樣子原來最爲漂亮，於是，不顧身處人來人往的車站，不顧旁人的目光，做了人生第一次告白。

75

拿破崙一早就被巫眞叫醒，說要帶牠去旅行。

拿破崙進去一個舒適的袋子裡。用巫眞的說法，這袋子是貓咪的專用車，貴賓等級那種。

巫眞在袋裡加了機關，讓牠可以繼續和他保持通話。人類就有很多這種玩意。

拿破崙無法把頭伸出來。牠的貓眼只能透過袋裡的小口窺視外面的世界。

他們換了好些交通工具，抵達牠無法憑一己貓力去的遠方。

外面的人多得不像話，很自然，人聲鼎沸，但無法蓋過一些奇怪的聲音，似乎來自其他動物，但牠從來沒聽過這些叫聲。

前面的人潮散去後，牠的瞳孔放大。

牠從來沒見過如此大的……

「是大貓嗎？」

巫眞向牠逐一介紹白老虎、孟加拉虎、非洲獅和黑豹。牠們是高雄市立壽山動物園的明星，也是巫眞口中那些巨大的貓科類動物。牠們比狗要大得多，走起路來威風八面。

拿破崙做貓多年，這天眞是大開眼界。

「你想變得這麼大隻嗎？」

「想呀，」拿破崙幻想自己變成大貓在台南的大街上走來走去，只要吼叫，就可以把一群笨狗嚇得屎滾尿流。回到家裡，其他貓都要向自己俯首稱臣。「可是，牠們只能住在這裡嗎？」

「也有住在野外的，但好多已經瀕臨絕種。你知道人類是怎樣的德性。」

拿破崙和許多貓不一樣，懂得什麼叫玻璃。雖然透明，卻是堅固無比，如果衝過去，只會撞傷自己。有些小貓一輩子被困在家裡無法出門，只能透過玻璃認識世界。

這些大貓也一樣。

「算了吧！我寧願做一隻自由自在的小貓！」

《貓語人・字鬼》完

後記

（後記涉及重要劇情）

熟悉台南的朋友，應該看得出書裡的「闊門」書店是把孔廟附近兩家相鄰的店結合起來：窄門咖啡和草祭二手書店。後者很不幸已經吹熄燈號。

寫作本書，對我來說是一個學習過程。我從參考書裡學到不少漢字的起源。很多字的本意，如今已不再通用。像「西」字原意是「棲」，字型是個鳥巢。「用」字原意是大鐘，字型也是鐘的樣子。「亦」是「腋」的本字，那兩點指的就是腋下的位置（你看出那個人的模樣了嗎？）……今天我們認識很多漢字，卻不知其本來面貌（除了唸中文系的人）。我寫作本書，除了說故事，也希望能勾起大家對字源的興趣。

新版做了大大小小的增刪，包括把幾個章節合併加快劇情的推展。

夜神月的本名，我從舊版的「陳文月」改成新版的「陳半月」。「月」字部和「⺝」字部的差異在新版內文裡已解釋。在舊版時，我覺得這種解釋會拖慢故事進度，現在我認為不應該低估讀者的智慧。

新版最後一章是特別爲拿破崙而添加，爲舊版所無。不過有一點要特別提醒大家，爲免寵物和動物間傳染疾病，不能帶寵物到動物園去。我考慮過讓拿破崙看電視，但現場看對牠的震撼會較大。所以，請你們讓我在創作上有個故意犯錯的自由。

輕小說讀來輕鬆，但作者未必寫得輕鬆。這書因爲涉及字源和筆畫，寫作時有一半時間是花在查資料。我主要參考了李樂毅的《漢字圖解1000例》，深入的部份則參考《漢字的故事》，作者是精通漢字的瑞典人林西莉（Cecilia Lindqvist）。另外也有查《說文解字》。小說裡提及的「實」字，《漢字圖解1000例》認爲中間的是「田」字，但《說文解字》裡「實」字「从宀从貫」，而「貫」字在《漢字的故事》裡給解釋爲「兩顆瑪瑙貝用繩串起來」（P.129）。林西莉的解釋是在快三十年前寫下來，也許被後來的學者推翻，但我喜歡也採用了。

單單一個「實」字的查證，就花了不少時間。整本書累積下來花的工夫相當可觀。這書不只寫的吐血，負責編輯校對的小劉也一樣。她盡力讓我這個不是唸中文系的作者犯下的錯誤減到最低。最後若有漏網之魚，責任仍在我。

譚劍

2018.4.20

貓語人

——下集預告

台南火車站的二樓曾開設旅館和餐廳，
後來以「經營困難」爲由相繼結束，
至今仍未復業，繼續空置養蚊子和蟑螂。

每天出出入入的乘客不計其數，卻無人思考眞正的原因。

有天台南火車站大停電，導致南部火車線停駛，
巫眞發現，「永保安康」這四字背後並不是祝福，
而是咒語……

第三集〈永保安康之咒〉
敬請期待！

國家圖書館出版品預行編目資料

貓語人／譚劍 著.——初版.——台北市：蓋亞文化，2018.05
面；公分.（故事集；003）
ISBN 978-986-319-343-2（平裝）

857.7 107005538

故事集 003

貓語人 字鬼

作　　者　譚劍
封面插畫　青Ching
封面設計　克里斯
責任編輯　劉瑄
總 編 輯　沈育如
發 行 人　陳常智
出 版 社　蓋亞文化有限公司
地址：台北市103赤峰街41巷7號1樓
電話：02-2558-5438　傳真：02-2558-5439
電子信箱：gaea@gaeabooks.com.tw
投稿信箱：editor@gaeabooks.com.tw
郵撥帳號 19769541　戶名：蓋亞文化有限公司
法律顧問　宇達經貿法律事務所
總 經 銷　聯合發行股份有限公司
地址：新北市新店區寶橋路二三五巷六弄六號二樓
電話：02-2917-8022　傳真：02-2915-6275
港澳地區　一代匯集
地址：九龍旺角塘尾道64號龍駒企業大廈10樓B&D室
電話：+852-2783-8102　傳真：+852-2396-0050
初版一刷　2018年5月
定　　價　新台幣 260 元
Published and printed in Taiwan

GAEA ISBN 978-986-319-343-2

Gaea

GAEA